पेंगुइन स्वदे

कोरे काग़ज़

अमृता प्रीतम पंजाबी के सबसे लोकप्रिय लेखकों में से एक थी। अमृता प्रीतम का जन्म 1919 में गुजरांवाला पंजाब (भारत) में हुआ। उनका बचपन लाहौर में बीता और शिक्षा भी वहीं हुई। किशोरावस्था से उन्होंने लिखना शुरू किया। उन्होंने कविताओं की 100 से अधिक पुस्तकें लिखी, साथ ही फिक्शन, बायोग्राफी, आलेख और आटोबायोग्राफी लिखकर साहित्य में नया मुकाम हासिल किया। इनकी तमाम पुस्तकों का कई भारतीय भाषाओं सहित विदेशी भाषाओं में भी अनुवाद हुआ। अमृता प्रीतम पहली महिला लेखिका हैं, जिन्हें 1956 में साहित्य अकादमी पुरस्कार मिला। 1982 में उन्हें *काग़ज़ ते कैनवास* के लिए ज्ञानपीठ पुरस्कार मिला। 2004 में पद्मविभूषण भी प्रदान किया गया।

कोरे काग़ज़

अमृता प्रीतम

पेंगुइन स्वदेश
पेंगुइन रैंडम हाउस इंप्रिंट

पेंगुइन स्वदेश

यूएसए। कनाडा। यूके। आयरलैंड। ऑस्ट्रेलिया। सिंगापुर
न्यू ज़ीलैंड। भारत। दक्षिण अफ्रीका। चीन

पेंगुइन स्वदेश, पेंगुइन रैंडम हाउस ग्रुप ऑफ़ कंपनीज़ का हिस्सा है,
जिसका पता global.penguinrandomhouse.com पर मिलेगा

पेंगुइन रैंडम हाउस इंडिया प्रा. लि.,
चौथी मंज़िल, कैपिटल टावर-1, एम जी रोड,
गुरुग्राम 122 002, हरियाणा, भारत

पेंगुइन
रैंडम हाउस
इंडिया

प्रथम हिन्दी संस्करण हिन्द पॉकेट बुक्स द्वारा 1996 में प्रकाशित
प्रस्तुत हिंदी संस्करण पेंगुइन स्वदेश में पेंगुइन रैंडम हाउस द्वारा 2026 में प्रकाशित

10 9 8 7 6 5 4 3 2

ISBN 9789353494971

मुद्रकः रेप्रो इंडिया लिमिटेड

www.penguin.co.in

MIX
Paper from
responsible sources
FSC® C047271
FSC
www.fsc.org

This is a legitimate digitally printed version of the book and therefore might not have certain extra finishing on the cover.

निधि महाराज के नाम
जिन्हें मैं आज
तक खोज रही हूं....

अमृता

यह निधि महाराज थे, जिन्होंने पंकज से कहा– "त्रिक स्थानों से डरने की ज़रूरत नहीं.... संघर्ष से गुज़रना है, इसलिए मित्र भी मिलेंगे, शत्रु भी। इसलिए पहला संघर्ष स्थान **कर्मयोग** का स्थान होता है....

"ज़िन्दगी के अर्थ पाने होंगे, इसलिए खोज में उतरना होगा, अंधेरे के रहस्य में.... मैं उसे **ज्ञानयोग** का स्थान कहता हूं....

"जब आत्मा का बीज पनपता है, एक बूंद अपने सागर से मिलना चाहती है, इसलिए तन-मन-धन से अर्पित हो जाने को, उसे **भक्तियोग** का स्थान कहना होगा...."

यह सत्ताइस अक्तूबर का दिन था—मां की ज़िन्दगी का बचाखुचा-सा।

मां की देह में अभी पांचों तत्त्व जुड़े हुए थे, पर जोड़नेवाले प्राणों के धागे की गांठ बस खुलने को ही थी। उसने कांपते होठों से पांच ख्वाहिशें जाहिर कीं:

शायद एक-एक तत्त्व की एक-एक ख्वाहिश थी। सबसे पहली ख्वाहिश कि मैं पीपल वाले मन्दिर में जाकर पंडित निधि महाराज को बुला लाऊं। और साथ ही, दूसरी ख्वाहिश थी कि लौटते हुए ताजे फूलों का एक हार खरीद लाऊं।

पीपल वाली मन्दिर दूर नहीं, हमारी गली के मोड़ पर है, इसलिए तेज कदमों से जाने में सिर्फ तीन मिनट लगे, और लौटते हुए लगभग अस्सी बरस के निधि महाराज को कंधे का सहारा देकर चलने में लगभग पन्द्रह मिनट। एक फूल वाला मन्दिर के चबूतरे के पास ही बैठकर फूल बेचता है, इसलिए फूलों का हार उतनी देर में खरीद लिया, जितनी देर में निधि महाराज ने उठकर पांवों में खड़ाऊं पहनी···

मां ने प्राणों के धागे की गांठ शायद कसकर पकड़ी हुई थी। मैं जब वापिस आया; मां की देह के पांचों तत्त्व अभी भी जुड़े हुए थे···

निधि महाराज को आसन देकर मैंने मां की तरफ देखा। मां ने कांपते हुए हाथों से—सामने दीवार पर लगी हुई मेरे पिता की तस्वीर की ओर इशारा किया। मैंने दीवार से तस्वीर उतारी और मां के बिस्तर पर ले आया।

तस्वीर को छाती के पास टिकाकर मां ने सिरहाने की ओर इशारा किया, सिरहाने के नीचे पड़ी हुई चाबी की ओर। और फिर कमरे के कोने में पड़े हुए लकड़ी के संदूक की ओर।

अब मां की अगली दो ख्वाहिशें और थी। यह कि संदूक में से मैं मौलियों से बंधे हुए काग़ज़ भी निकाल लाऊं और किनारी वाला एक दुपट्टा भी।

मां है सो मां ही कहूंगा, उम्र के लिहाज से नानी या दादी भी कह सकता था। हैरानी हुई, जब मां ने वह किनारीजड़ा दुपट्टा अपने सिर पर ओढ़ लिया।

मौलियों में बंधे हुए काग़ज़ उसने एक बार अपने हाथों में भरे, फिर मेरी दोनों हथेलियों पर रख दिए। कहा, "तुम्हारी अमानत है।"

उस वक्त मां ने नहीं, निधि महाराज ने कहा, "पंकज बेटा! यह मकान की वसीयत है। दूसरे काग़ज़ भी जरूरी हैं। संभालकर रखना है।" साथ ही, मां का इशारा पाते ही, निधि महाराज ने मेरे सिर पर हाथ रखा, कुछ कहा, कुछ आशीर्वाद जैसा। पर संस्कृत का वह श्लोक मेरी समझ से दूर मात्र मेरे कानों का स्पर्श पाकर रह गया।

फिर मां ने पतझड़ के पत्तों जैसे हाथों में फूलों का हार थामा और मेरे पिता की तस्वीर पर चढ़ा दिया। फिर निधि महाराज की ओर देख टूटती-सी आवाज में कहने लगी, "आज सत्ताइस तारीख··· आज बृहस्पति तुला में आया है··· आज मेरा संजोग है···"

निधि महाराज ने दोनों हाथ आशीष की मुद्रा में ऊपर उठाये।

मां ने अभी-अभी जब एकटक मेरी ओर देखा था, उसकी देह का स्पन्दन—शायद सारे अंगों से निकलकर उसकी आंखों में इकट्ठा हो गया था। पर अब उसकी आंखें बन्द थीं···

अपनी सांस मुझे चलती हुई नहीं, रुकती हुई-सी लगी।

घर की यह कोठरी शायद शांत समाधि की अवस्था में पहुंच जाती, पर निधि महाराज के संस्कृत के श्लोकों ने सारी कोठरी में एक हलचल-सी पैदा कर दी···

हार के फूलों की सुगन्ध भी एक हलचल की तरह कमरे में फैल रही थी···

मां के हाथ हिले—नमस्कार की मुद्रा में, और निधि महाराज के पैरों की तरफ जा झुके। साथ ही, हाथों ने पहनी हुई सोने की दो चूड़ियां निधि महाराज के चरणों के पास रख दीं···

मां के होंठ—चेहरे की झुर्रियों में दो झुर्रियों की तरह ही सिकुड़े हुए थे, पर उनमें से जैसे एक आवाज झरी, "मेरा पंकज मुझे अग्नि देगा···"

जवाब में निधि महाराज ने श्लोकों की लय को थामकर कहा, "इच्छा पूरी होगी।"

लगा—मां के चेहरे की खिंची हुई झुर्रियां शांत और सहज हो गयी हैं। आवाज भी सहज लगी—"गंगाजल···"

जानता था—मां ने आले में गंगाजल का लोटा रख छोड़ा है, मैंने चम्मच से मां के मुंह में गंगाजल डाला।

होठों में स्पन्दन-सा हुआ, जो पानी की कुछ बूंदों के साथ शांत हो गया।

फिर कोई आवाज नहीं आयी। यही गंगाजल की कुछ बूंदें शायद मां की पांचवीं और आखिरी ख्वाहिश थी···

और लगा—प्राणों का धागा अब पांच तत्वों को खोल रहा था···

पांच तत्व—अग्नि, वायु, जल, पृथ्वी और आकाश हैं, और मां की पांच ख्वाहिशें शायद एक-एक तत्व की एक-एक इच्छा की तरह थीं, पर नहीं जान पाया

कि कौन-सी ख्वाहिश कौन-से तत्त्व ने की थी··· सिर्फ यही जाना कि पांचों ख्वाहिशें पूरी हो गई थीं, और अब पांचों तत्त्व खुल-बिखर रहे थे···

निधि महाराज ने घी का एक दिया जलाकर मां के सिरहाने के पास रख दिया।

बाहर वाले कमरे में अचानक किसी के आने की आहट महसूस हुई, शायद मां की पड़ौसन रक्खी मौसी आयी थी, और साथ में गली-मोहल्ले का कोई और भी··· पर मैं उधर देखता कि तभी दहलीज की ओर से एक अपरिचित-सी आवाज सुनाई दी, "नमस्कार महाराज!"

निधि महाराज ने दरवाजे की ओर देखा, दोनों हाथ उठाकर नमस्कार स्वीकार किया, और आसन से उठकर उस ओर बढ़े···

मैंने अपरिचित आवाज वाले को पहचान लिया। दूर के रिश्ते से मेरा चाचा है वह—जनक चाचा। दो गलियों के फासले पर रहता है। पता था कि उन लोगों का हमारे घर आना-जाना नहीं था, तो भी हैरानी नहीं हुई। ऐसे वक्त शायद उसका आना स्वाभाविक ही था।

पर हैरानी हुई—इस शोक में शरीक होने के लिए आया है चाचा। अन्दर कोठरी की तरफ नहीं आया वह। दरवाजे में से ही पीछे बाहर के कमरे की ओर लौटता हुआ, निधि महाराज से कहने लगा, "पता लगा था कि बचेगी नहीं, इसलिए मैं आपसे बात करने के लिए मन्दिर गया था···"

निधि महाराज दहलीज को लांघकर बाहर के कमरे में जाकर खड़े हो गए। उन्हीं की आवाज आई, "कहिए!"

जवाब में चाचा की आवाज सुनाई दी, "आप वेदों के ज्ञाता हैं महाराज! आपसे भी कहना होगा? आप सब जानते हैं।"

निधि महाराज की मुस्कराहट दिखाई नहीं दी, पर जितनी भी अक्षरों में से दिखाई दे सकती है, वह दिख गई। कह रहे थे, "यदि सब जानता हूं, तो फिर कहने की जरूरत नहीं।"

निधि महाराज ने कुछ न कहने का जैसे आदेश ही दिया था, पर कहने वाले ने फिर भी कहा, "बस यही शंका निवृत्त करनी थी, महाराज! कि देह को अग्नि देनी होगी, जिसके लिए कुल के बेटे को बुलाने के लिए अभी सन्देश भेजना होगा। आप तो जानते हैं कि मेरा बेटा शहर में नहीं रहता ..."

निधि महाराज की उम्र अस्सी के करीब है, इसलिए उनकी आवाज में एक लड़खड़ाहट-सी रहती है, पर इस वक्त जो आवाज सुनी वह ऊंची नहीं थी, लेकिन बहुत सख्त थी:

"कुल का बेटा उसके पास खड़ा है, कहीं से बुलाना नहीं पड़ेगा।"

जवाब में चाचा का स्वर कांप उठा, "क्या कह रहे हैं महाराज! क्या पंकज अग्नि देगा?"

"हां, पंकज अग्नि देगा।" निधि महाराज ने जवाब दिया, और साथ ही कहा, "आप लोग शव-यात्रा में आना चाहें तो ज़रूर आयें, मृतक आपके कुल की गृहलक्ष्मी है।"

"क्या कह रहे हैं महाराज!" लगा, चाचा की आवाज हकला गयी। कह रहा था, "यह अधर्म होगा महाराज! गृहलक्ष्मी को दत्तक पुत्र अग्नि नहीं दिखा सकता ... दत्तक पुत्र वंश का नाम धारण कर सकता है, जमीन-जायदाद में से हिस्सा ले सकता है, पर अग्नि नहीं दे सकता ..."

"दे सकता है ..." निधि महाराज का स्वर उठा। शायद उन्हें कुछ और भी कहना था, पर उनकी बात को काटती-सी चाचा की आवाज आयी, "यह कौन-से वेद में लिखा है महाराज?"

निधि महाराज का स्वर जितना धीमा था, उतना ही सहज और सख्त भी, "जिस दिन वेदों के पठन के लिए आओगे, उस दिन बताऊंगा। इस वक्त जा सकते हो। चार बजे शव-यात्रा के लिए आ जाना।"

लगा—एक मृत देह के सिरहाने जल रहे दिये की बाती की तरह, मैं भी चुपचाप जल रहा था ...

मैं कौन हूं? यह दत्तक पुत्र क्या होता है? मां ने निधि महाराज को बुलाकर यह क्यों कहा कि पंकज अग्नि देगा? क्या उसे मालूम था कि कोई चाचा आकर मुझे अग्नि देने से रोकेगा!

कुछ समझ में नहीं आया—सिर्फ यही जान पाया कि कुछ दिये आरती के थाल में रखने के लिए होते हैं, और कुछ दिये सिर्फ मरने वालों के सिरहाने के पास रखने के लिए···

और मैं शायद आरती के थाल में रखा जाने वाला दिया नहीं हूं···

दो

आज अचानक कोई पाताल गंगा, धरती पर आकर मेरे पैरों के आगे बहने लगी है···

लगता है—मेरी उम्र के पूरे चौबीस बरस, मेरे सामने एक-एक करके इस नदी में बहते जा रहे हैं···

आज घर में बहुत-सी आवाजें इकट्ठी हो गयी थीं। रक्खी मौसी की आवाज भी। वह मेरे सिर को सहला कर रोती रही। गली के और जाने किस-किस घर से आये मर्दो की आवाजें भी थी··· पर इस वक्त तक, सांझ संवला जाने तक, वे सारी आवाजें उस पाताल गंगा में बहती हुई मुझसे बहुत दूर निकल गयी है···

लेकिन सुबह जो जनक चाचा अग्नि देने का अधिकार लेकर आया था, उसकी आवाज फिर नहीं फूटी··· शायद पाताल गंगा के किसी पिछले मोड़ पर ही पानी में गिर गयीं थीं, मैंने देखी नहीं।

निधि महाराज ने मेरे हाथ से मां के पार्थिव शरीर को अग्नि दिलायी। उस वक्त उनकी आवाज नहीं कांपी, हां, मेरा हाथ अवश्य कांप गया था।

लगा—'मां' लफ्ज भी पाताल गंगा में बह रहा है।

नहीं जानता कि कोई रिश्ता किस तरह पानी में बह सकता है···

आज सन्ध्या-पूजन के बाद निधि महाराज आए थे। उनके अंगोछे में कुछ फल थे, मिठाई भी। मुझे जबरदस्ती कुछ खिलाया। बोले, "यह मन्दिर का प्रसाद है···"

पूछा, "महाराज! जो बता सकती थी, वह चौबीस बरस चुप रही। अब हमेशा के लिए चुप हो गयी है। आप बताइये! वह मेरी कौन थी?"

"वह तुम्हारी मां थी पंकज!" निधि महाराज ने मेरे पास बैठकर मेरे सिर पर हाथ रखा।

मैंने कहा, "जानता हूं, उसकी पहचान इसी लफ़्ज़ में है। पर आज अचानक मुझसे यह पहचान क्यों छीनी जा रही है?"

निधि महाराज हंस दिये। जवाब देने की बजाये पूछने लगे, "पहचान कौन देता है बेटा?"

कहा, "शायद जन्म ही यह पहचान देता है···"

कहने लगे "अन्तरात्मा यह पहचान देती है। तुम उससे पूछो कि वह तुम्हारी कौन थी?"

कहा, "पर अन्तरात्मा उसी ने बनायी थीं। उसी ने यह अक्षर सिखाया। मेरे लिए वह पूर्ण सत्य था, पर आज किसी ने उस पूर्ण सत्य को झूठ क्यों कहना चाहा?"

"झूठ, लोभ सिखाता है बेटा! अन्तरात्मा नहीं सिखाती।"

"किस चीज का लोभ?"

"इस मकान का, पैसे का ..."

"पर बात धर्म की हुई थी, पैसे की नहीं ..."

"पैसे का लोभ धर्म की आड़ लेता है ..."

"पर उसने मुझे दत्तक पुत्र कहा था। दत्तक पुत्र क्या होता है?"

निधि महाराज जवाब को सवाल में बदलना जानते हैं। कहने लगे, "पीरों-फकीरों ने जिस्म को खुदा का हुजरा कहा है, आत्मा की कोठरी। तुम बताओ! महान् कोठरी होती है कि आत्मा?"

कहा, "कोठरी महान् होती है, लेकिन आत्मा के कारण।"

निधि महाराज फिर मुस्कराये। कहने लगे, "पुत्र तन की कोठरी से भी जन्म ले सकता है, अथवा आत्मा से भी। पर यह दुनिया कोठरी को मान्यता देती है, अत्मा को नहीं। भूल जाती है कि कोठरी, आत्मा के कारण महान् होती है ..."

मैं निधि महाराज का दर्शन-शास्त्र समझने की अवस्था में नहीं था, इसलिए फिर पूछा, "क्या मैंने इस मां की कोख से जन्म नहीं लिया था?"

"तुमने उसकी आत्मा से जन्म लिया था ..."

"सो गोद लिये पुत्र को दत्तक पुत्र कहते हैं?"

"कहने दो, जो कहते हैं···"

लगा—पाताल गंगा में मैंने अपने बहते हुए रिश्ते को उस लकड़ी की तरह थामा हुआ है जिसके सहारे शायद मैं डूबने से बच सकता हूं···"

पूछा, "मेरी इस मां ने और मेरे इस बाप ने मुझे कहां से लिया था?"

निधि महाराज क्षण-भर के लिए अन्तर्ध्यान हो गये, फिर कहने लगे, "पिता को तुम्हारा सुख नसीब नहीं था। उनके निधन के बाद तुम्हारी मां ने तुम्हें पाया था।"

"कहां से?" यह सवाल पाताल-गंगा में गोता लगाने जैसा सवाल था इसलिए होंठों में हरकत नहीं हुई।

निधि महाराज ही कहने लगे, "उस वक्त भी तुम्हारे इस चाचा ने बहुत मुसीबत खड़ी की थी। इस मकान का लोभ जो था! सो उसने धर्म की आड़ ली कि विधवा स्त्री कोई पुत्र गोद नहीं ले सकती···"

"क्या ऐसी भी कोई वेद-आज्ञा है?"

"इन्होंने वेद कब पढे हैं! विधवा का धन, उसके दूर-नजदीक के सम्बन्धियों के हाथों से न निकल जाये, इसलिए। ब्राह्मण-पूजा के वेदों में बारह प्रकार के पुत्र, पुत्र माने गये हैं। एक, जिसे जन्म दिया जाए। दूसरा, अपनी बेटी का पुत्र। तीसरा, अपनी पत्नी का दूसरे पुरुष से पैदा हुआ पुत्र। चौथा, अपनी कुंवारी कन्या का पुत्र। पांचवां, पत्नी के पुनर्विवाह से हुआ पुत्र। छठा, दूसरे को गोद दिया गया पुत्र। सातवां, किसी माता-पिता से खरीदा हुआ पुत्र। आठवां, शुभ गुणों के कारण किसी को माना हुआ पुत्र। नौवां किसी अनाथ बच्चे को पुत्र समान सोचा गया पुत्र। दसवां, विवाह के वक्त गर्भवती स्त्री का पुत्र। ग्यारहवां, अपनी स्त्री से ऐसे पुरुष द्वारा उत्पन्न हुआ पुत्र जिसका पता न लगाया जा सके। और बारहवां, किसी कारण मां-बाप का त्याग दिया गया पुत्र, जिसका पालन-पोषण किया जाये।"

सांसें गोता खाने लगीं। पाताल गंगा में नहीं, हैरानी में। मन आसपास के समाज से निकलकर उस वक्त की तरफ देखने लगा—जब कुंवारी कन्या का पुत्र भी दम्पती के लिए पुत्र हुआ करता था, और जब विवाह के वक्त गर्भवती पत्नी का पुत्र भी पुत्र होता था···

आजकल के अखबारों में मैंने प्रायः उन नालियों का जिक्र पढ़ा हुआ है—जिनमें सद्यःजात शिशु मृत अथवा जीवित मिलते हैं···

शायद माथा नहीं, पर मन जरूर निधि महाराज के ज्ञान के आगे झुक गया।

सिर्फ इतना ही कहा, "मां कई बार अपनी एक परलोक सिधार गयी बेटी का जिक्र किया करती थी। कहा करती थी, मरकर वह तुम्हारी सूरत में पैदा हो गयी—वही आंखें, वही माथा, वह हंसी···"

साथ ही खयाल आया—जब मां मेरी सूरत मेरी मृत बहन की सूरत के साथ मिलाती थी; तब सब कुछ स्वाभाविक लगता था। उसने मुझे कभी नहीं बताया कि मैं उसका गोद लिया हुआ पुत्र था। पर···

मुझे जैसे हंसी आ गयी। निधि महाराज से कहा, "आत्मा पुत्र को जन्म देती है, पर साथ ही शायद भ्रम भी पालती है। मां यह भूल गयी थी कि उसकी मृत बेटी की सूरत लेकर मैं कैसे जन्म ले सकता हूं।

निधि महाराज कुछ नहीं बोले। मैं ही मां के उदास मन की बातें सुना-सुनाकर मां के भ्रम पर हंसता-सा रहा।

उन्होंने सिर्फ यह बताया कि तुम्हें गोद लेते वक्त, तुम्हारे दूर के इस चाचा ने जो दुहाई दी थी, उस बात का खण्डन भी धर्म के नाम पर किया गया था। वह सच भी था। तुम्हारे पिता की मृत्यु अचानक हुई थी, मृत्यु से पहले उन्होंने तुम्हें गोद लेने का निश्चय किया हुआ था। इसलिए मां भले ही विधवा थी, जब उसने तुम्हें गोद लिया तो उसके निश्चय में तुम्हारे पिता का निश्चय भी शामिल था। दोष मुझ पर ही लगाया गया था कि मैंने पूजा के लोभ में आकर तुम्हारी मां को इस अधर्म से रोका नहीं था, पर झूठे दोष से क्या होता है···

उस वक्त निधि महाराज ने अपने अंगोछे की गांठ में बंधी हुई सोने की चूड़ियां मेरी हथेली पर रख दीं, जो आज सुबह मां ने उनके चरणों में चढ़ायी थीं। कहने लगे, "चूड़ियां तुम्हारी मां को प्यारी थीं। उसकी चल बसी बेटी की निशानी थीं ये। यह निशानी अब तुम्हारे पास रहनी चाहिए···"

संकोच-सा हुआ। कहा, "पर यह मां का दान है···"

निधि महाराज हंस दिये—"दान का हक सिर्फ तुम्हारी मां को था, मुझे नहीं है? तुम यह मेरा दान समझ लो। यह मेरी अन्तरात्मा की आवाज है कि चूड़ियां इसी घर में रहनी चाहिए। इस घर में जब घर की बहू आयेगी, ये उसके हाथों में होनी चाहिए···

आज तक ब्राह्मण-लोभ की बात, जो भी देखी-सुनी थी, निधि महाराज ने मेरी आंखों के सामने उसका खण्डन कर दिया। इसलिए मन फिर एक बार उनके आगे झुक गया।

आज के तूफान के बाद, मैं इस सुख का पल संभालकर अंजुलि में भर लेना चाहता था, पर हाथों में सामर्थ्य नहीं थी। मुंह से निकला, "आपने मां से कभी नहीं पूछा था कि मैं कौन हूं?"

निधि महाराज ने नजर भरकर मेरी ओर देखा। बोले, "मैं सिर्फ यह जानता हूं कि तुम एक धर्म-प्राण मां के पुत्र हो। आज तुमने अपनी मां के शब्द सुने थे जब उसने तुम्हारे पिता की तस्वीर को फूलों का हार पहनाया था? वह फूलों की जयमाला थी। उसने कहा था—आज सत्ताइस तारीख है, आज बृहस्पति तुला में आया है, आज मेरा संजोग है···"

मां ने कहा था, पर उसकी बात मेरी समझ से बाहर रही आयी। इस वक्त भी याद नहीं थी। निधि महाराज ने उसके शब्द दोहराये, तो याद आयी। "मैंने पूछा, मैं कुछ नहीं समझा था, इसका क्या मतलब था।"

"वह तुम्हारे पिता के निधन के बाद सिर्फ तुम्हारा मुंह देखकर जीती रही। तुम्हें पालने के लिए, तुम्हें पढ़ाने के लिए तुम्हें बड़ा करने के लिए। वैसे वह तुम्हारे पिता से बिछुड़कर जीना नहीं चाहती थी। वह इस दुनिया से विदा होकर

अगली दुनिया में तुम्हारे पिता से मिलने का इन्तजार कर रही थी···उसे मालूम था कि आज के दिन बृहस्पति तुला राशि में आयेगा, और जिनके विवाह बहुत देर से रुके हुए हैं, उनके संजोग बनेंगे। उसने अपनी मृत्यु को भी तुम्हारे पिता के साथ संजोग को दिन माना। सोचा, अब वह अगली दुनिया में जाकर तुम्हारे पिता से मिल सकेगी, इसीलिए उसने किनारी वाला दुपट्टा ओढ़ा। तुम्हें पालकर बड़ा करने वाले कर्तव्य से वह मुक्त हो गयी थी। उसके लिए यह मृत्यु उसके संजोग का दिन था। इसीलिए कहता हूं कि वह धर्मात्मा थी···"

मैं बोल नहीं सका। मन का सवाल गूंगा-सा होकर निधि महाराज के मुंह की ओर ताकता रहा···

वह चले गये हैं···

सामने फिर अंधेरे की पाताल-गंगा बह रही है।

नहीं जानता कि मन का कौन-सा चिन्तन इस पाताल-गंगा में डूब जायेगा, और कौन-सा उस किनारे पर जा लगेगा।

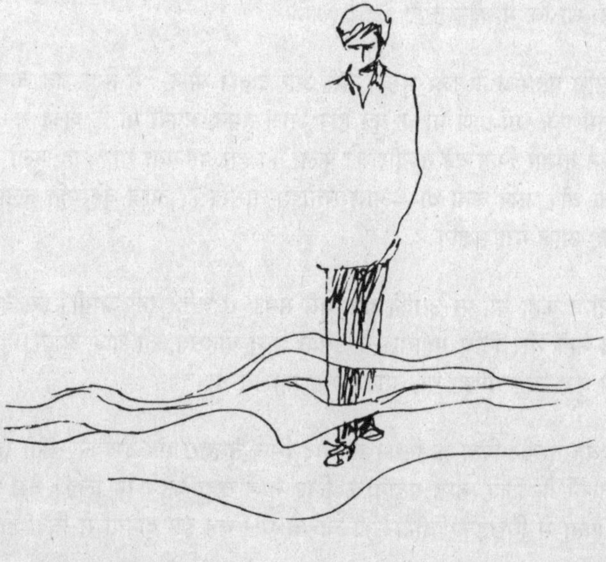

तीन

जाड़ा अभी उतरा नहीं था। मोटा-सा कंबल जिस्म के गिर्द लपेटकर भी रात ठण्डी लगती रही। ठण्डी भी और गीली भी। सोते हुए भी मेरे पैर शायद पाताल-गंगा में भीगते रहे थे···

आंख खुली तो दिमाग में—शिव जी की जटाओं से निकली गंगा का फलसफा घूम गया···एक ही गंगा जो तीन भागों में बंट गयी थी। उसका एक मार्ग धरती पर जा निकला, एक आकाश की तरफ और एक पाताल की तरफ···

याद आया—धरती पर बहने वाली गंगा को भागीरथी कहते हैं। आकाश गंगा को मंदाकिनी और पाताल गंगा को भोगवती···

पूरा मन एक ही लफ़्ज़ पर अटक गया कि पाताल गंगा का नाम भोगवती कैसे हो गया?

शिशु-पुराण से ज्यादा मैंने फ्रायड को और जंग को पढ़ा हुआ है, इसलिए

जब जुंग की रोशनी में देखने लगा तो लगा—ये तीनों गंगाएं हर एक इंसान के भीतर बहती हैं··· कल्पनाशक्ति वाली गंगा जरूर आकाश-गंगा है, चेतन-मन वाली भागीरथी है, और अवचेतन में उतरकर बहती हुई गंगा पाताल-गंगा है, भोगवती। शिव की आकाश गंगा की चर्चा प्रायः देवताओं के सम्बन्ध में सुनते आये हैं। सामान्य जन की पहुंच से बाहर की बात, इसलिए उसे सोचना नहीं चाहा। धरती की गंगा के स्नान के साथ पुण्य जोड़ा जाता है, ठीक होगा। लेकिन कल निधि महाराज ने उस गंगा में मां की अस्थियां विसर्जित करने की बात की थी जो किसी पुण्य से ज्यादा उदासी दे गयी थी। इसलिए मैंने उस गंगा को भी सोचना नहीं चाहा। पर कल से यह तीसरी, पाताल गंगा, मेरे गिर्द बह रही है—इसलिए इसी को सोचे जा रहा हूं—इस भोगवती को भोग रहा हूं—

भागीरथी का स्नान शायद देह को सुख देता होगा, मन-मस्तक को शान्ति भी देता होगा, मैं नहीं जानता लेकिन पाताल गंगा का स्नान, जो रोम-रोम को पीड़ा देता है, वह अवश्य जानता हूं···

अचानक—अभी एक चमत्कार की तरह रक्खी मौसी सामने आ खड़ी हुई है, इस तरह, जैसे पाताल गंगा में से निकली हो···

सुना है कि पाताल गंगा के किनारे पर नागपुरी है, सो सभी शंकाओं के नाग वहां रहते होंगे। ठीक है, रक्खी मौसी आयी है, उसके साथ नागों की बातें करूंगा···

रक्खी मौसी मुझे बचपन से प्यार करती है, मां की तरह, और जिस तरह मां के हर लाड़ को मैंने सहज समझा था, स्वाभाविक, 'क्यों' जैसा लफ़्ज़ कभी भी उसके साथ नहीं जोड़ा था पर कल से, फूल की सहजता के साथ 'क्यों' का कांटा अपने-आप उग आया है। मां नहीं रही, इसलिए उसके साथ 'क्यों' की बात करने का वक्त नहीं रहा। पर रक्खी मौसी है, इसलिए बात करने का वक्त है···

उसने अपने दुपट्टे के छोर में लपेटा हुआ चाय का गर्म लोटा मेरे सामने रख दिया है, और खुद रसोई में जाकर एक प्याला ले आयी है···

कह रही है, "तुम्हारी मां को ज्यादा चाय अच्छी नहीं लगती थी। पर तुम

जब छुट्टियों में आते थे, वह पौ फूटते ही उठकर तुम्हारे लिए चाय बनाया करती थी··· तुम्हें सुबह-सुबह बिस्तर में बैठकर चाय पीनी अच्छी लगती है न मैंने इसीलिए जल्दी उठकर चाय बनायी··· दोनों घर साथ लगते हैं, छत की ओर से उतरकर आयी हूं।"

कुछ समझ में नहीं आता—जो मां के लिए स्वाभाविक नहीं होना चाहिए था वह सब कुछ सहज और स्वाभाविक हो गया। सोचता हूं—उसके लिए तो शायद हो सकता था, पर इस रक्खी मौसी के लिए भला क्यों हो गया?

मैं मां का कौन लगता था? इस रक्खी मौसी का कौन हूं?

आज चाय पीने की याद नहीं थी, पर अभी जब घूंट भरा, लगा—मुझे चाय की सचमुच तलब लगी हुई थी···

रक्खी मौसी के साथ बहुत-से नागों की बात करनी है, पर कैसे करूं, कुछ सूझ नहीं रहा···

अचानक उसके लाल-भूरे बालों की चमक आंखों में पड़ी। कहा, "रक्खी मौसी! तुम बालों में मेहंदी लगाती हो न!"

वह हंस दी, "बेटा! औरत के हाथों में मेहंदी तो एक ही बार लगती है। मुझे भी वह लगी और उतर गयी। फिर यही सिर रह गया, जिसमें बुढ़ापे में भी भले ही रोज मेहंदी लगा लूं···"

पूछा, "पर मां अपने बालों में मेहंदी क्यों नहीं लगाती थी?"

कहने लगी, "हम दोनों उम्र के लिहाज से एक-सी थीं, मैं चार बरस छोटी रही हूंगी, पर जब उसके कलेजे पर चोट लगी उसका जीना-मरना एक हो गया। जीने का उत्साह ही मर गया उसका···"

पूछा, "जब अचानक मेरे पिता नहीं रहे थे?"

रक्खी मौसी धीरज से कहने लगी, "वह भी कहर का दुःख था, सिर पर पहाड़ टूट पड़ा था। लेकिन उन्हीं दिनों गिनती के चार महीने पहले उसका कलेजा फट गया था, उसकी इकलौती बेटी दुनिया से चली गयी थी—भरी जवानी में···"

मैंने कहा, "उसका नाम गीता था न!"

"हां पंकू। उसका नाम गीता था···"

पंकू सिर्फ मां कहा करती थी। रक्खी मौसी भी कहा करती थी, पर मैंने ध्यान नहीं दिया था। अब रक्खी मौसी के मुंह से पंकू निकला, तो उसमें से मां की आवाज का भ्रम हुआ···

एक गहरी सांस छाती में से घुमड़कर—छाती में ही समा गयी।

पर आज मुझे शंकाओं के नागों में हाथ डालना है इसलिए संभलकर पूछा, "कल निधि महाराज कह रहे थे कि तुम्हारे पिता को तुम्हारा सुख नसीब नहीं था··· मेरे पिता मुझे देखने से पहले ही दुनिया से चले गये?"

रक्खी मौसी मुझे चुपचाप चाय पीते हुए देखती रही, फिर कहने लगी, "मुंह देखा था पर क्या देखा, सुख तो पालने-पोसने में होता है···"

देखा—बात चलती है, पर पहुंचती कहीं नहीं। मां के वे हेरवे याद आये जब वह मेरी सूरत को परलोक सिधारी गीता की सूरत के साथ मिला-मिलाकर देखा करती थी।

पूछा, "रक्खी मौसी! मां के पास गीता की कोई भी तस्वीर नहीं थी? मैंने कभी नहीं देखी··· तुमने तो उसे देखा होगा···"

रक्खी मौसी छूटते ही बोली, "लो देखो··· पूछ रहे हो? मैंने ही तो इन हाथों में खिलाया था—कैसी गुड़िया-सी लड़की थी··· तस्वीर काहे को होती, पहले बेटियों की तस्वीरें कौन खिंचवाता था···"

मैं रक्खी मौसी की भर आयी आंखों की ओर देखता रहा। फिर पूछा, "सो तुम और मां, बचपन की सहेलियां हो!"

रक्खी मौसी ने दुपट्टे के छोर से आंखें पोंछी, कहने लगी, "ऐसी, जैसी कि एक ही मां की जनी बेटियां भी नहीं होतीं। उसका-मेरा शुरू से रोटी का कौर सांझा था। अपना रंडेपा उसी के सहारे काटा। मेरा बेटा तो अभी कोख में ही

था जब उसका बाप मर गया··· गुजारे जितना पैसा छोड़ गया था, पर मन की बात करने वाला नहीं था। तुम्हारी मां गंगा जल की अंजुलि भंरकर मेरी बहन बनी थी··· वह दिन जाये, और यह दिन आये, कौन-से दुः ख मैंने झेले और कौन-से उसने, हमने किसी तीसरे के कानों में नहीं पड़ने दी···"

सो, जाना कि रक्खी मौसी से कुछ भी छुपा हुआ नहीं।

चाहता था—दत्तक पुत्र वाली बात जिस तरह मैं सीधा निधि महाराज से पूछ सका था, रक्खी मौसी से भी पूछ लूं। लेकिन एहसास हुआ कि उत्तर, जिस तरह निधि महाराज जैसे अध्यात्मवादी के लिए सहज हो सकता था, रक्खी मौसी के लिए वैसा सहज नहीं होगा···

मां जिन्दा होती तो शायद उससे भी पूछ सकना मुश्किल होता···

शायद कुछ विश्वास होते हैं, जिन्हें चुप की जरूरत होती है···

रक्खी मौसी जैसी है, फिर भी मां नहीं, इसलिए बात को घुमाकर कहा, "मां कहा करती थी कि मेरी शक्ल हू-ब-हू गीता बहन पर गयी है। क्यों मौसी! गीता की शक्ल मेरे जैसी थी?"

रक्खी मौसी गहरी सांस भरकर चुप हो गयी है फिर धीरे से कहने लगी, "इसमें हैरानी की क्या बात है रे! बहन-भाइयों की शक्ल अकसर मिल जाती हैं···"

सो मैंने ठीक सोचा था। मां का और रक्खी मौसी का रिश्ता गंगा जल का रिश्ता है, जिसमें कौन-से दुः ख मां ने झेले, और कौन से रक्खी मौसी ने, उनकी आवाज किसी तीसरे के कानों में नहीं पड़ सकती···

और मैं जानता हूं कि इस मामले में मैं उनका तीसरा हूं···

चार

कल मां की अस्थियां चुननी हैं, कैसे करना है यह पूछने के लिए निधि महाराज के पास गया था।

वह मन्दिर में नहीं थे। पता लगा—कोई यजमान अभी आया था, उन्हें किसी पूजा के लिए अपने साथ ले गया है···

लौटने लगा था कि मन्दिर में बैठे किसी अजनबी चेहरे ने आवाज देकर रोक लिया। कहने लगा, "तुम्हारा ललाट सुन्दर है बेटा! तुझे ऊंची विद्या प्राप्त होगी। लेकिन हां···ललाट पर एक छाया भी है, इन दिनों खिन्न मन रहते हो···"

देखा—भारी-सा शरीर है, रंग बहुत सांवला, माथे पर चन्दन का टीका। और सामने कुछ पत्र हैं, जिन्हें मेरे आने से पहले शायद वह ध्यान से देख-पढ़ रहा था।

कहा, "मेरा नाम पंकज है, निधि महाराज से कह दीजिएगा कि दोपहर के बाद मैं फिर आऊंगा।"

अपने ललाट की और खिन्न मन की बात सुन ली। कहा कुछ नहीं।

वही अजनबी कहने लगा, "हम दक्षिण भारत से हैं—कर्नाटक से, कृष्णन शास्त्री। यहां निधि महाराज की महिमा सुनी, ज्ञान-चर्चा के लिए आ गये। प्रात: काल बात होती रही, विद्वान् पुरुष हैं···"

अब कुछ भी न कहना, बेरुखी होती। इसलिए कहा, "ये आपके सामने कौन-सी विद्या के काग़ज़ हैं?"

कृष्णन शास्त्री मुस्कराये। कहने लगे, "ज्योतिर्विद्या के।"

इतना-भर जानता था कि ज्योतिष विद्या को ज्योतिर्विद्या कहा जाता है। लेकिन मैंने निधि महाराज से कभी इस विद्या के बारे में कुछ नहीं जाना था। कृष्णन शास्त्री की बात सुनकर मन में बेबसी जैसी एक दिलचस्पी जागी। मैंने पूछा, "मेरे ललाट से मेरे जन्म के बारे में कुछ बता सकते हैं?"

शास्त्री जी मुस्कराये। बोले, "जन्मपत्री नहीं है?"

मैंने सिर्फ इतना ही कहा, "नहीं।"

"क्या पूछना चाहते हो?"

"यही कि मेरा जन्म कहां हुआ?"

कृष्णन शास्त्री ने गौर से मेरे मुंह की तरफ देखा। बोले, "बात सीधी है बेटा! यदि लगन—कर्क, मेष, वृश्चिक, तुला या कुंभ की होगी तो सूतिका-गृह घर की पूरब दिशा की ओर होगा। और यदि सिंह तथा मकर की होगी, तो दक्षिण की ओर होगा। और यदि कन्या, धन, मिथुन या मीन की होगी, तो जहां तुमने जन्म लिया, वह सूतिका-गृह घर के उत्तरी भाग में होगा···"

मेरा अपना मन अपने ही सवाल पर हंस पड़ा। जो पूछना चाहता था, वह

पूछा नहीं जा सकता था। जानता था कि वह किसी से भी बताया नहीं जा सकेगा। मुझे कौन बता सकता था कि वह घर कहां है? घर का सूतिका-गृह उसके पूरबी हिस्से में था या दक्षिणी या उत्तरी हिस्से में—मेरे लिए इसकी जानकारी कोई अर्थ नहीं रखती थी···

पर कृष्णन शास्त्री के इशारे पर सामने फर्श पर बैठ गया। इसलिए हंसकर, ज्योतिष-शास्त्र को नहीं, अपने ही मन को टटोलता हुआ एक सवाल कर बैठा, "मेरा मतलब यह है शास्त्री जी, कि उस समय मेरे पिता कहां थे? क्या वह मेरी मां के पास थे, या कहीं दूर?"

शास्त्री जी बड़े गम्भीर होकर कहने लगे, "बेटा! सामने कुण्डली हो, तो बताऊं! तुम न जाने कौन-से नक्षत्र में पैदा हुए! पर तुम्हारे ज्ञान के लिए बताता हूं कि यदि चन्द्र लग्न को नहीं देख रहा था, सूर्य अष्टम भाव में था, और चर राशि का था, तो तुम्हारे पिता किसी और ग्राम में होंगे, तुम्हारी माता के पास नहीं होंगे। परन्तु यदि सूर्य स्थिर राशि में था, तो वह अपने ही ग्राम में होंगे। यह भी कह सकता हूं कि यदि सूर्य द्विस्वभाव राशि में था तो पिता कहीं मार्ग में होंगे, न अपने गांव में न किसी अन्य गांव में···"

नि:श्वास होंठों पर नहीं आया, सीधे माथे में जा घुसा। आगे क्या पूछता कि कौन-सा रास्ता कौन-से गांव को जाता था, जहां जन्म-पिता खो गया।"

शास्त्री जी बोले, "यदि कुण्डली नहीं है तो माता से जन्म का समय पूछकर आओ, साथ ही स्थान भी। मैं आज ही तुम्हारे सारे प्रश्नों का उत्तर दे दूंगा।"

समय और स्थान?

यही तो दो प्रश्न हैं, जो मेरे माथे की लकीरों में लिखे हुए हैं···

यह लहू-मांस की लकीरें मेरे माथे में किसने लिखीं, कौन-सी मां ने? कौन-से पिता ने, यही तो नहीं जानता।

कहना नहीं चाहता था, पर मुंह से निकल गया, "शास्त्री जी! बहुत कुछ अंधेरे में खो गया है। नहीं जानता कि ज़िन्दगी के अंधेरे में या मौत के अंधेरे में···"

शास्त्री जी एकटक मेरी ओर देखते रहे। फिर कहने लगे, "निधि महाराज तुम्हें चिरकाल से जानते हैं या अल्पकाल से?"

मैंने कहा, "शायद जन्म से जानते हैं···"

शास्त्री जी हंस पड़े। बोले, "फिर क्या चिन्ता है बेटा! उनसे बात करूंगा, और पूरी जन्म-कुण्डली बना दूंगा···"

मैंने प्रणाम किया, और उठकर चला आया।

अभी रक्खी मौसी रोटी खिलाकर गयी है। बहुत चाहा था कि वह रोज मेरे खाने की चिन्ता न करे, पर उसकी चिन्ता में मां की चिन्ता कुछ है, इसलिए चाहता हुआ भी उसे कुछ नहीं कह सकता।

जितना-भर कह सका था, उसके जबाब में उसने आंखें भर ली थीं। कहने लगी "यह जो हर औरत की छाती में अन्नपूर्णा होती है, मैं उसका क्या करूं! हाथों को कोई श्राप था कि मेरे मर्द की थाली मेरी रसोई में से उठ गयी। सोचा था—बेटे भी जवान होकर मर्दों जैसे हो जाते हैं, जिसकी छाया में बैठकर मां उम्र काट लेती है। बड़े लाड़ से बेटे को पाला था। सामने बैठकर खाता था, तो मैं भूखी तृप्त हो जाती थी। मन्नतें मान-मानकर उसका ब्याह रचाया, तो आनेवाली ने घर का दरवाजा, घर की पीठ को लगा दिया। ऐसे घर की आयी··· अपने मर्द को लेकर अलग हो गयी—मेरा एक मर्द मौत ने छीन लिया था, दूसरा बहू ने छीन लिया··अब दोनों वक्त अपने लिए चूल्हा फूंकती हूं। तुम्हें क्या पता कि तुम्हारे मुंह में दो कौर डालकर मुझे क्या सुख मिलता है···"

एहसास हुआ, कोई मर्द शायद किसी औरत का दुख नहीं जान सकेगा···

लगा कि अब तीन दिनों के तूफान के बाद मन की भटकन थम-सी गयी है···

सोच रहा हूं—जिस औरत ने मुझे खोजकर अपने भीतर की खोयी हुई मां को पा लिया, मैं उसे मां की पदवी से हटाने वाला कौन हूं!

परसों समझा नहीं था, पर निधि महाराज ने बहुत बड़ा सच बताया था कि मैंने मां की आत्मा से जन्म लिया था···

यह मेरी भटकन थी कि जिसने कोख से जन्म दिया, मैंने उसे जानना चाहा कि वह कौन थी? मैं यह भूल गया कि उसने मुझे त्याग दिया था।

किसी त्याग देनेवाले को ढूंढना सचमुच अपना लेनेवाले का अपमान होता है। लगता है—मैं तीन दिनों से मां का अपमान कर रहा था···उसकी ज़िन्दगी का अपमान भी और उसकी मौत का अपमान भी···

हो सकता है—उसकी बेटी की मौत ने उसे इस तरह बावरी बना दिया हो, कि किसी अनाथ बच्चे को देखकर उसने बच्चे की शक्ल में बेटी की शक्ल की कल्पना कर ली हो···

यह कल्पना-शक्ति ही तो आकाश गंगा होती है।

मां ने सचमुच आकाश गंगा में से अंगुली भरकर अपनी ममता की प्यास बुझायी थी···

और एक तरफ मैं हूं, जो पाताल गंगा का पानी पीकर, मां की आकाश गंगा का निरादर कर रहा है···

बरबस रोना आ गया है··· शायद यह मां के सिधारने से तीन दिनों से रोकी हुई रुलाई. है···

पांच

राख के ढेर में से मां के नक्श नहीं पाये जा सकते थे, पर हाथ अस्थियों से छुआ, तो सारे बदन में एक झुरझुरी-सी हुई—लगा, हाथ एक आत्मा से छू गया है···

राख भी शायद एक 'बुक्कल' की तरह थी, बाहर से ठण्डी पर भीतर से गर्म···

रक्खी मौसी ने एक सुर्ख कपड़े में अस्थियों की पोटली-सी बांधकर पकड़ा दी, तो उसकी और निधि महाराज की नजर बचाकर मैंने वह पोटली अपने माथे से लगायी···

यह किसी चौथे या क्रिया की रस्म नहीं थी, पर लगा—यह उस गुमनाम दिन को मेरा प्रणाम था, जब इस मां ने मुझे लोगों की नजर बचाकर अपनी 'बुक्कल' में लपेट लिया था···

पता नहीं—उस दिन कौन-सा वार था और क्या तारीख थी···

इतिहास तारीखों का मोहताज होता है, पर कई नसीब ऐसे होते हैं, जो किसी इतिहास के मोहताज नहीं होते···

लगा—एक मां को जब एक बेटा मिला था, वह चौबीस बरस पहले की बात थी, पर एक बेटे को जब मां मिली, वह आज की बात है···

पता नहीं यह वक्त का कर्म होता है कि कहर जब किसी को कोई मरने के बाद मिलता है···

पर रात-भर मन स्थिर और शांत रहा।

सुबह-सुबह रक्खी मौसी ने अपने नियम से चाय बनायी, फिर नमक-अजवायन की रोटी खिलायी। लगा—मां ने मरकर भी यह रक्खी मौसी एक आशीष की तरह दी हुई है···

पर अभी मन कुछ चौक-सा गया है। खाली था, कॉलेज में तार देकर अभी और पन्द्रह दिन की छुट्टी ली हुई है, इसलिए वक्त काटने के लिए निधि महाराज वाले मन्दिर की ओर चला गया था।

अभी मन्दिर की दहलीज पर ही था कि दरवाजे से लगकर खड़ी एक लड़की ने हाथ में एक कागज थमाया, और आंखों से ओझल हो गयी···

यह भी न पूछ पाया कि यह कागज क्या है?

पूछ भी नहीं पाया, और उस कागज थामने वाली को पहचान भी नहीं पाया···

फिर मैं मन्दिर के भीतर नहीं गया। उल्टे पांव घर लौट आया, कागज को वहां लोगों की भीड़ में खड़े होकर पढ़ना मुनासिब नहीं लगा।

घर पहुंचकर पढ़ा है। एक खत है जिससे पता लगता है कि लड़की मेरे दूर रिश्ते के चाचा जनक की बेटी है···

याद नहीं आ रहा—कौन-सी बेटी? देर हुई, चाचा जनक की दो छोटी-

छोटी बेटियों को देखा था, जिनमें से एक को बड़ी कहते थे, एक को छोटी। उनके नाम मुझे याद नहीं है।

खत में जो नाम लिखा हुआ है, वह है—जानकी। पर यह नहीं पता, वह बड़ी है कि छोटी। ख़त बड़ा रोमांटिक है कि वह मुझसे प्यार करती है, और सिर्फ मेरे साथ ब्याह करेगी।

लिखा सिर्फ इतना है कि मैं जब-जब भी होस्टल से छुट्टियों में आया करता था, वह मुझे छुप-छुपकर देखा करती थी···

यह भी लिखा हुआ है कि उसके मां-बाप इस रिश्ते के लिए कभी नहीं मानेंगे। फिर भी वह मां-बाप से चोरी-छिपे मेरे साथ ब्याह कर लेगी···

बहुत सादा और अल्हड़-सा ख़त हैं, पर रोमांटिक है, इसलिए हैरान होकर मैंने उसे तीन-चार बार पढ़ा है···

यह भी हैरानी है कि जनक चाचा यदि समाज के सामने मुझे दत्तक पुत्र कहकर मां को अग्नि देने के लिए तैयार हुए थे, तो क्या अपने घर में उन्होंने यह बात अपनी बेटियों को नहीं बतायी थी?

पर ये बातें शायद समाज के लिए होती हैं, रोमांस के लिए नहीं···

यह भी हो सकता है कि रोमांस इसी विद्रोह में से पैदा हुआ हो···

रक्खी मौसी, मुझे फिर घर लौट आया देखकर चाय का प्याला पूछने के लिए आ गयी है। उसे खत के बारे में कुछ कहना या बताना नहीं चाहता था पर सहज ही मुंह से निकल गया, "मौसी! जनक चाचा की दो बेटियां हुआ करती थीं, छोटी-छोटी, मैंने देखी थीं, भला क्या नाम थे उनके?"

मौसी ने त्यौरी चढ़ाकर मेरी ओर देखा, और कुछ बताने की बजाय पूछने लगी, "तुम्हें उनसे क्या लेना है? वह तो निगोड़ा सारा परिवार ही तुम्हारी जान का दुश्मन है···"

मुझे हंसी आ गयी! मैंने कहा, "जानता हूं, वैसे ही पूछा था। आज मन्दिर

में एक लड़की देखी थी, अच्छी तरह पहचान तो नहीं पाया, पर लगा जैसे वह जनक चाचा की बेटी हो···"

रक्खी मौसी की त्यौरी उसी तरह उसके माथे पर चढ़ी रही। फिर वह चुप-सी होकर पूछने लगी, "पर उसने तुमसे कुछ कहा-सुना तो नहीं?"

खतवाली बात कहना नहीं चाहता था, पर रक्खी मौसी के आगे झूठ भी एक पाप-सा लगा, इसलिए कहना पड़ा, "पर मैं तो दोनों में से किसी को नहीं पहचानता, यों ही भ्रम-सा हुआ था···"

रक्खी मौसी कमरे में पड़ी हुई चारपाई पर बैठ गयीं। लेकिन इस तरह, जैसे खड़ी-खड़ी थक गयी हों। और हांफती-सी कहने लगीं, "पंकू! तुम्हारी मां ज़िन्दा होती तो मुझे चिन्ता नहीं थी। अब मेरा कहा पल्ले बांध ले। वह जनकों का परिवार तुम्हें देखा नहीं सुहाता। वे जैसा करेंगे, भरेंगे। मैं कोई भली-बुरी नहीं कहती, पर तुम्हें मरी हुई मां की सौगन्ध! वैसी उनकी किसी मक्कारी में न आ जाना!" रक्खी मौसी एक ही सांस में जाने क्या-क्या कहे जाती, कि मैंने बीच में टोककर कहा, "मौसी! मरी हुई मां की सौगन्ध क्यों देती हो, ज़िन्दा मौसी की सौगन्ध दो न···"

असल में मौसी का जनक चाचा के परिवार को जनकों का परिवार कहना मुझे बड़ा दिलचस्प फिकरा लगा था।

मौसी ने हुलसकर कहा, "रे तेरी यही बातें मोह जाती हैं। भगवान् जानता है—मुझे पेट के जन्म के साथ ऐसा मोह नहीं उमड़ता है। पर मैं तुम्हें दबी हुई आग की बात बताती हूं—जब तू छोटा-सा था, इस जनके ने तुझ पर जादू-टोने करने में कोई कसर नहीं छोड़ी थी। जाने क्या नाम लेते हैं उसका···कोई बुरा-सा नाम था···हां-हां, मारण-मन्त्र, उसने वही मन्त्र फुंकवाकर, चीथड़ों के पुतले में सूइयां टांगकर, तुम्हारे सिरहाने में डाल दिया था···हाय-हाय! पलने के बच्चे को भी वह देख नहीं सका···"

मां ने कभी यह बात मुझे नहीं सुनायी थी। वैसे मुझे याद है कि मां ने ताकीद की हुई थी कि मैं जनक चाचा के हाथ से कोई मिठाई या कोई और चीज़ न खाऊं···

आज रक्खी मौसी ने टोने वाली बात सुनायी, तो मैंने हैरान होकर पूछा "फिर?··· वह सूइयां मेरे सिरहाने में से मेरे सिर में चुभ गयी थीं?"

"हाय रे , तेरे सिर में काहे को चुभती? उसी के सड़े सिर में एक दिन चुभेंगी। भगवान् के घर में देर है, अंधेर नहीं। तुम देख लेना, एक दिन उसका किया उसके सामने आयेगा।···उसकी आवारा बेटियां ही उसके सिर की सूइयां बन जाएंगी।"

मौसी के बालों का लाल रंग उसके चेहरे पर भी झलकने लगा। पूछा, "पर यह पता कैसे लगा कि वह टोना जनक चाचा ने करवाया था?"

रक्खी मौसी ताव खाकर बोली, "बस यही समझ ले कि तेरी उम्र लम्बी थी। मेरी मां ने तेरे कपड़े-लत्ते धोने के लिए एक बुढ़िया रखी हुई थी। इस जनके ने उस निगोड़ी को दस-बीस रुपये देकर वह टोना तुम्हारे पलने में रखवा दिया था—सिरहाने की तह में'··· भला हो भगवान् का, जिसने तीसरे दिन ही बुढ़िया के इकलौते बेटे को तेज बुखार चढ़ा लिया···"

बात गम्भीर थी, पर बुढ़िया के बेटे को तेज बुखार चढ़ने पर रक्खी मौसी भगवान् को भला कह रही थी इसपर हंसी आ गयी। कहा, "अच्छा भगवान् ऐसे भले काम भी करता है?"

"जैसा कोई करे, तैसा भरे—यही तो भगवान् का न्याय होता है··· तभी तो वह बुढ़िया अपने किये पर डर गयी, और रोती हुई आकर तुम्हारी मां के पैरों पर गिर पड़ी।"

"सो उसी ने बताया कि जनक चाचा ने उसे दस-बीस रुपये देकर वह सूइयां मेरे पलने में रखवायी थीं?"

"हां, सबकुछ मुंह से उगली। रोये जाये और साथ ही जनके को गालियां दिये जाये कि उसी के पाप ने उसके बेटे को फूंककर बुखार चढ़ा दिया।"

मैंने उठकर रक्खी मौसी के कन्धे पर हाथ रखा। फिर उसके साथ चारपाई पर बैठता हुआ पूछने लगा, "पर मारण-मन्त्र मेरी जगह उसके बेटे के पास कैसे चला गया, कैसे रास्ता भूल गया?"

रक्खी मौसी भी मेरी बात पर हंस दी। फिर गम्भीर होकर कहने लगी, "तुम भले ही किसी सयाने से पूछ लो। यह काले जादू उलटकर उन्हीं पर ही जा पड़ते हैं, जो करते हैं···"

"वह तो ठीक है, पर उसे उल्टे पांव जनक चाचा के घर जाना चाहिए था। उसे दस-बीस रुपयों के लालच में आई बेचारी बुढ़िया के घर में नहीं जाना चाहिए था···"

रक्खी मौसी सोच में डूब-उतराकर कहने लगी, "और उसके घर में कौन-सी लक्ष्मी बसती है! कपड़े का व्यापार तो जैसा तुम्हारे बाप का था, वैसा इस जनके का। यह तुम्हारे बाप के कामों में बरकत थी कि उसके मरने के बाद भी, तुम्हारी मां उसी पैसे से गुजर-बसर करती रही। उसने न कभी तुम्हें खिलाने में कमी होने दी, न कभी पढ़ाने में। जनके के घर में तो हर वक्त हाय-हाय पड़ी रहती है। अब तो सुना है—उसका बेटा, बाप पर मुकदमा करने वाला है···"

जानकी का रोमांटिक ख़त अभी भी सामने मेज पर खुला पड़ा है! मौसी पढ़ नहीं सकती, इसलिए मैंने खत को मेज के खाने में रखने की जरूरत नहीं समझी···

पर मेरी अपनी नजर उस खुले खत पर से फिसलती हुई नीचे जमीन की ओर देखने लगी है—कुछ इस तरह, जैसे उस खत के अर्थ नीचे कहीं जमीन में दबे हुए हों···

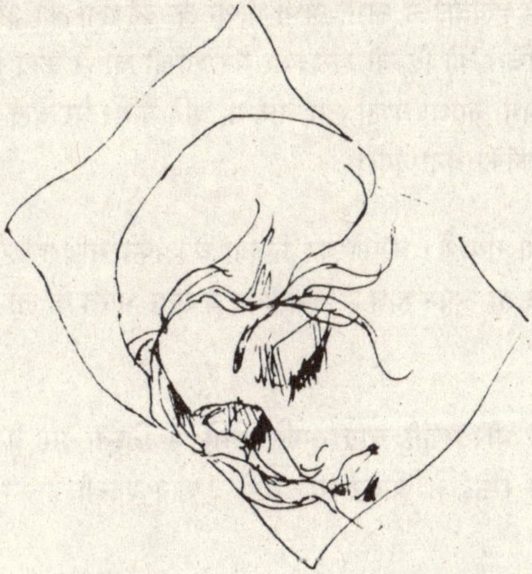

छः

सुबह होने को थी। रक्खी मौसी को चूल्हे पर मेरे लिए चाय का पानी रखना था, पर उसे दियासलाई नहीं मिल रही थी। मौसी को बगल वाले घर से मुंडेर लांघकर, छत की ओर से आना पड़ता था, इसलिए अब मैंने घर के दरवाजे की दूसरी चाबी उसे दे रखी थी।

मौसी ने आकर जगाया तो मैंने रोज की तरह चाय के गिलास के लिए हाथ बढ़ा दिया। पर गिलास देने के बजाय हाथ झकझोर कर उसने कहा, "आज तुम्हें बासी मुंह उठाने आयी हूं। निगोड़ा याद नहीं आ रहा कि रात मैंने दियासलाई की डिबिया कहां रख छोड़ी, मिलती ही नहीं ···"

सो गली के मोड़ पर जाकर हलवाई से दियासलाई कि डिब्बी लानी थी, वह भी लिहाज से क्योंकि अभी और कोई दुकान नहीं खुली थी।

वहां हलवाई की दुकान पर कृष्णन शास्त्री से भेंट हो गयी। शास्त्री जी मन्दिर के चढ़ावे की फल-मिठाई से भोग लगा लेते थे, पर बताने लगे कि कॉफी की तलब के लिए उन्हें सुबह-सुबह इस हलवाई का आश्रय लेना पड़ता है।

निक्कूशाह हलवाई ने अभी-अभी पत्थर के कोयलों की अंगीठी सुलगायी थी, इसलिए माचिस की डिब्बी खरीदकर मैंने शास्त्री जी से कहा कि इस अंगीठी को सुलगने में अभी आधा घण्टा लग जायेगा, यदि वे मेरे घर चलें तो रक्खी मौसी मिनटों में चाय-कॉफी बना देंगी।

वे खुश हो गये थे। कॉफी का डिब्बा वे अपने साथ ही रखते थे। कहने लगे, "फिर आज तो अपने हाथ से बनाऊंगा, ये उत्तर भारत के लोग कॉफी बनाना नहीं जानते ···"

आज मैंने भी अपनी चाय अपने कमरे में बिस्तर पर बैठकर नहीं पी। रक्खी मौसी की रसोई में जाकर पी। वहीं कृष्णन शास्त्री ने भी अपनी कॉफी बनाई।

रक्खी मौसी ने तिलकधारी शास्त्री जी को प्रणाम करते हुए कहा कि अगर वे कुछ देर उसके कमरे में बैठे, तो वह उत्तर भारत का, नमक-अजवायन वाला सातपुड़ा परांठा पकाकर उन्हें खिलाना चाहती है।

शास्त्री जी ने रक्खी मौसी का निमन्त्रण स्वीकार कर लिया; और हम दोनों कमरे में आ गये।

अचानक वह बोले, "हमने निधि महाराज से तुम्हारी बात की थी। कहने लगे, पंकज की जन्मपत्री बनी हुई है, दूसरी पत्री बनाने की जरूरत नहीं ···"

मैं हैरान हुआ। कहा, "मैं नहीं जानता, मां ने भी कभी बताया नहीं था। वह शायद निधि महाराज के पास ही होगी ···"

वह कहने लगे, "मैंने पूछा था कि कहां है तो बोले, उसकी मां के पास थी, घर में रखी होगी ···मैंने यह भी पूछा था कि पंकज का जन्म कहां हुआ था? उस दिन तुमने यही सवाल किया था न! वह कहने लगे—पगला है ···"

मेरी हैरानी और बढ़ गयी। मैंने पूछा, "निधि महाराज ने बस यही कहा कि ··· पगला है, और कुछ नहीं कहा? ···"

शास्त्री जी भी मेरी तरह कुछ-कुछ हैरान थे। बोले, "मैंने पूछा था कि जन्मपत्री है, तो आप उसे पढ़कर पंकज को सुनाते क्यों नहीं?"

"फिर क्या बोले?"

"केवल इतना बोले कि जरूरत नहीं है।"

जरूरत शायद सचमुच नहीं थी।

मां भी इसी रहस्य को जानती थी, निधि महाराज भी। और मौसी रक्खी भी। इसीलिए सभी चुप थे।

समझा गया—कि उस दिन, मां के निधन वाले दिन, यदि जनक चाचा ने आकर दत्तक पुत्र की बात ने कही होती, तो निधि महाराज की चुप को कोई नहीं तोड़ सकता था।

और लगा—उस दिन निधि महाराज ने सिर्फ थोड़ी-सी ही बात की थी, जितनी-भर करने की जरूरत पड़ी थी।

शास्त्री जी कहने लगे, "क्या सोच रहे हो! घर में तलाश करो, मिल जायेगी।"

जो खयाल अब तक नहीं आया था, अचानक उभर आया: मां ने अन्तिम समय, मौलियों में लपेटे हुए कुछ कागज दिये थे। कहा था, "तुम्हारी अमानत है।" उस वक्त पास बैठे निधि महाराज ने बताया था, "मकान की वसीयत है, बाकी काग़ज़ भी जरूरी हैं, संभालकर रखना है।" तब मैंने देखे नहीं थे, उसी तरह अलमारी में रख दिये थे। सोचा था—एक वसीयतनामा होगा, एक उन दोनों दुकानों का किरायानामा होगा। पता था कि मां ने दुकानें किराये पर चढ़ा रखी हैं। बाकी कागज उन रकमों के होंगे जो बरसों से मां ने व्यापारियों और कारखानेदारों को कर्ज़ दे रखी थीं, और जिनसे मिलते ब्याज से मां का खर्चा चलता आया था ··· शायद उन कागजों में मेरी जन्मपत्री भी होगी।···

नजर और ध्यान दोनों अलमारी की तरफ चले गये ···

एक संकोच-सा हुआ कि मन के तूफान में से मैंने मुश्किल से एक सकून पाया है। यदि फिर से मन का वह तूफान जाग उठा तो भटकन का कोई अन्त नहीं होगा···

फिर भी मन का ही एक टुकड़ा मन के वश से बाहर हो गया। मेरे हाथ मुझसे हाथ छुड़ाकर अलमारी में रखे उन काग़ज़ों को खोलने लग गये···

पता नहीं, इन्सान का मन क्या चीज है! वह जिसे जानने से खौफ खाता है, उसी को जानने के लिए व्याकुल हो उठता है।···

लगा—काग़ज़ों पर बंधी मौलियों की गांठों को खोलते हुए मेरे हाथ कांप रहे हैं···

हाथों से बंधे-लिपटे उन काग़ज़ों को खोल रहा था, और मन से किसी गैबी शक्ति के आगे एक प्रार्थना भी कर रहा था कि उन कागजों में मेरी जन्मपत्री न मिले···

लेकिन मेरी प्रार्थना शायद झूठी थी। देखा, सामने एक काग़ज़ की लाल लाल आंखें मुझे घूर रही हैं, लाल लकीरों से बनाये गये कुछ खाने हैं, और उनमें लिखे हुए कुछ अंक, कुछ अक्षर भी···

उस कागज को दोहरा कर मैंने बाकी कागज़ों में छुपा देना चाहा, पर कांपते हुए हाथों से जैसे ही उसे छुआ, कि तभी कन्धे के पास से शास्त्री जी की आवाज आयी, 'अरे यही तो है देखो-देखो दो पत्रियां हैं, इन्हीं में एक तुम्हारी होगी··· लाओ मैं देखूं!"

तकदीर के आगे-आगे भागता हुआ कोई आदमी जैसे एक जगह हांफकर खड़ा हो जाता है, मैं भी सुन्न-सा खड़ा रह गया। शास्त्री जी ने खुद ही आगे बढ़कर उन दोनों पत्रियों को हथिया लिया। और फिर पास ही चारपाई पर रखकर, खुद भी इत्मीनान से उस पर बैठ गये।···

"यह एक गीता नाम की कन्या की है···

मेरे मुंह से सहज ही निकल गया, "वह मेरी बहन थी, अब जीवित नहीं है।"

"और यह देखो, यह दूसरी पत्री तुम्हारी है।"

मैं चारपाई के पास पड़ी कुर्सी पर इस तरह निढाल-सा बैठ गया, जैसे अभी अपनी किस्मत का आखिरी फैसला सुनना हो···

कमरे में एक खामोशी फैल गयी थी—असहनीय खामोशी···

दिल इस तरह जोर-जोर से धड़कने लगा, जैसे इस खामोशी से घबराकर वह अपनी धक्-धक् से इसे तोड़ देना चाहता हो···

लेकिन दिल के बस में कुछ नहीं था।

इस भयानक खामोशी को तोड़ा शास्त्री जी के स्वर ने।

"बहुत-बहुत विद्या पाओगे बेटा! बहुत धन-सम्पत्ति भी··· विद्या और धन-स्थान का स्वामी लाभ-स्थान में पड़ा है, और लाभेश धन स्थान में। बहुत बड़ा योग है शुभ ग्रहों और शुभ स्थानों का···"

यूनिवर्सिटी में यह मेरी इंजीनियरिंग का आखिरी साल है। सिर्फ पास होने की बात नहीं है, यूनिवर्सिटी में टॉप करने की सोचता हूं—इसलिए जो मन का प्रश्न नहीं था, उसका उत्तर मेरे लिए जरूरी नहीं था।

चुप था, चुप ही रहा।

पर अचानक यह चुप्पी कांप उठी, शास्त्री जी ने जब पूछा, "एक बात बताओ बेटा! क्या तुम्हारी माता की तुम्हारे पैदा होते ही मृत्यु हो गयी थी?"

मैंने सूखे होंठों पर जीभ फेरते हुए शास्त्री जी से कहा, "आपको तो मालूम है कि कल निधि महाराज मेरे साथ श्मशानघाट गये थे। मेरी मां की चिता की अस्थियां चुनने के लिए, अभी पांच दिन हुए हैं—जब मां की मृत्यु हुई···"

शास्त्री जी चुपचाप पत्री की ओर देखने लगे। बहुत देर तक देखते रहे, फिर एक संकोच के स्वर में, कुछ-कुछ हैरान-से होकर कहने लगे, "पर इसमें तो माता का अल्प आयु योग बनता है—माता के स्थान का चतुर्थ भाव, तथा उसका स्वामी और भाव का कारक चन्द्र—सभी तो पाप प्रभाव में हैं···"

जवाब जानता ही नहीं था, इसलिए चाहते हुए भी नहीं दे सकता था। पूछा, "और पिता?···"

"पिता भाव का स्वामी त्रिक भवन में पड़ा है···"

कुछ समझ में नहीं आया, पूछा, "त्रिक भवन क्या होता है?

भवन लफ्ज ने जेहन में एक भवन-सा खड़ा कर दिया था। लेकिन 'पड़ा है' लफ्ज किसी महल की ओर नहीं, किसी गहरी खाई की ओर संकेत कर रहा था। मेरी कल्पना ने भी हैरान होकर शास्त्री जी की ओर देखा।

शास्त्री जी का स्वर जैसे बुझ-सा गया। कहने लगे, "षष्टम, अष्टम, और द्वादशेश—ये तीन स्थान नेष्ट स्थान होते हैं—शत्रु और मृत्यु के स्थान। हमारी भाषा में इन्हें त्रिक स्थान कहते हैं···त्रिक भवन···"

पूछना चाहा, मेरे पिता मेरे शत्रु भवन में हैं या मृत्यु भवन में? पर पूछा नहीं।

वही बोले, "जान पड़ता है यह पत्री ठीक नहीं है। तुम्हारी माता तुम्हारे जन्म के बाद चौबीस बरस जीवित रही, लेकिन इसमें तो अल्प आयु योग है···"

मैंने सिर्फ इतना ही कहा, "तो छोड़िये! यह गलत होगी···"

शास्त्री जी अनमने-से होकर दूसरी जन्मपत्री देखने लगे—गीता की।

कुछ देर बाद बोले, "तुमने कहा था यह कन्या जीवित नहीं है?···"

"जी हां, बहुत बरस हो गये इसकी मृत्यु को···" मैंने अपनी जन्मपत्री

उठाकर लपेट दी थी। और दूसरी उठाकर दोनों को अलमारी में रख देना चाहता था, पर शास्त्री जी के हाथ से कैसे लेता, इसलिए कुर्सी से उठकर भी चारपाई के पास खड़ा रह गया।

"यह कन्या बहुत सुन्दर रही होगी, चन्द्रमा लग्न को देख रहा है," शास्त्री जी बोले।

"मैंने इन्हें देखा नहीं।" मैंने विरक्त भाव से कहा।

"अरे!" शास्त्री जी कुछ चौंककर बोले, "इनकी मृत्यु जल में डूबने से हुई थी? देखो! तीनों जल स्थानों के ग्रह···" शास्त्री जी आधा वाक्य बोलकर चुप हो गये।

मां ने कभी इस तरह की बात नहीं बतायी थी, इसलिए मैंने कुछ हैरानी से कहा, "ऐसा तो कभी नहीं सुना!"

शास्त्री जी मुझसे भी अधिक हैरान हुए। फिर जैसे कोई दांतों तले जीभ दबाकर बात करता है, कहने लगे, "यह तो आत्महत्या का योग है। तृतीयेश और अष्टमेश का परिवर्तन योग है। देखो! चन्द्र-कुण्डली से और सूर्य-कुण्डली से भी यही योग बनता है··· और लग्नेश भी तो अष्टम में पड़ा है—त्रिक भवन में—मृत्यु स्थान पर···"

न चाहकर भी मुझे हंसी आ गयी। मैंने कहा, "फिर यह पत्री भी गलत होगी···"

और उसी पत्री को शास्त्री जी के हाथों से लेने ही लगा था, कि रक्खी मौसी एक बड़ी-सी थाली में चाय-परांठे लेकर आ गयीं।

शास्त्री जी ने रक्खी मौसी की ओर देखते हुए कहा, "देवी! तुम इस गीता नाम की कन्या को जानती थीं, पंकज की बहन को?"

रक्खी मौसी ने चाय की प्याली मेज पर टिकाते हुए शास्त्री जी की ओर देखा। बोली, "क्या बात है? मैंने तो उसे गोद में खिलाया था···"

शास्त्री जी ने मेरी ओर देखा, "तुम नहीं जानते तो इनसे पूछो!"

मैंने रक्खी मौसी को बैठने के लिए कुर्सी की तरफ इशारा किया। कहा, "आज शास्त्री जी अजीब-अजीब बातें कर रहे हैं। कह रहे हैं कि गीता ने पानी में डूबकर आत्महत्या की थी…"

रक्खी मौसी कुछ देर तक मेरी तरफ देखती रही, कुछ देर तक कृष्णन शास्त्री की तरफ। फिर एक त्यौरी-सी चढ़ाकर मेरी ओर देखती हुई कहने लगी, "ये पत्रियां तुझे किसने दी हैं? मैं ज्योतिषियों की बातें नहीं सुना करती…"

शास्त्री जी को रक्खी मौसी का आशय समझ नहीं आया। पूछने लगे, "क्या कहा इन्होंने?"

रक्खी मौसी की त्यौरी की ओर देखते हुए मैंने शास्त्री जी से कहा, "ये पत्रियां गलत बनी हुई हैं, छोड़िए इनको, आइये! चाय पियें"

शास्त्री जी ने बेमन से दोनों पत्रियां लपेटकर मुझे पकड़ा दीं। कहने लगे, "किसी मुर्ख पण्डित ने बनायी होंगी। देख रहा हूं कि तुम्हारी माता की मृत्यु अभी हुई है, और इसमें लिखा है कि तुम्हें जन्म देते ही उसकी मृत्यु हो जायेगी…"

शास्त्री जी ने ध्यान नहीं दिया, पर मैंने देखा कि रक्खी मौसी अपना निचला होंठ चबाती हुई, घबरायी-सी शास्त्री जी की ओर निहार रही थी…

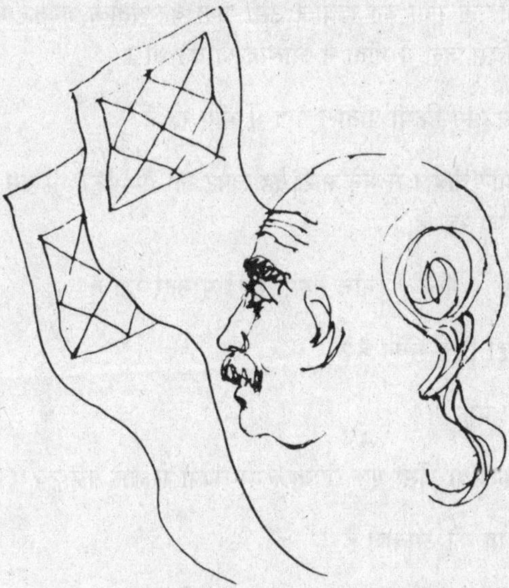

सात

नमक-अजवायन वाले सातपुड़े परांठे की बार-बार प्रशंसा करते हुए कृष्णन शास्त्री जब तृप्त होकर चले गए, मैं थककर चारपाई पर इस तरह बैठ गया, जैसे अभी-अभी पत्रियों के ग्रह त्रिक-भवनों में बैठे देखे थे···

लगा··· मैंने शास्त्री जी को पत्रियां दिखाकर स्वयं को ही शत्रु स्थान में बिठा दिया है··· शायद मृत्यु-स्थान में।

देह की रग-रग में एक ठण्डी-सी झुरझुरी दौड़ गयी··· क्या सचमुच कोई मां थी जो मुझे जन्म देते ही मर गयी?

और गीता··· क्या सचमुच वह पानी में डूबकर मरी थी? आत्महत्या करके?

अगर सब कुछ झूठ था, तो रक्खी मौसी ने जोर देकर क्यों नहीं कहा कि यह झूठ है?

क्या मां की मृत्यु से गीता की मृत्यु का कहीं कोई सम्बन्ध है?

क्या पाताल गंगा का खयाल उसी जल का प्रतीक बनकर मेरे अन्तर में आया था—जिस जल में गीता ने आत्महत्या की थी?

मेरे अंग-अंग किसी पाताल गंगा में भीग रहे हैं···

बहुत मोटे कंबल में मैंने सारी देह लपेट ली है—फिर भी उस ठंडे जल में वह सुन्न हुई जा रही है···

और मैं··· नीचे··· नीचे किसी खाई में उतर रहा हूं···

क्या यही त्रिक भवन है?···

पंकू··· पंकू···

पानी के भंवर जैसी एक आवाज़ मेरे कानों से बार-बार टकरा रही है···

शायद मां की आवाज है···

नहीं—बहुत महीन आवाज है, शायद गीता की···

भंवर में डूबती हुई···

भंवर में से एक हाथ निकला है···

पता नहीं मेरा हाथ पकड़कर मुझे भंवर में डुबोने के लिए या फिर भंवर से निकलने के लिए···

आंखें खोलने की कोशिश करता हूं।

एक चेहरा-सा पानी में तैरता दिखता है···

कौन? रक्खी मौसी?

ये तुम्हारे साथ कौन हैं?··· निधि महाराज?

आप यहां पाताल गंगा में आ गए?

नहीं जानता—मां कहां गयी। पानी में रक्खी मौसी भी दिखती हैं, निधि महाराज भी···

अचानक पैरों में गर्माहट- सी आ गयी है···

सारा जिस्म गर्मा-सा गया है।

मैं कहां हूं?

···

पंकू! जाग पंकू! देख! मेरी तरफ देख!

देखता हूं—रक्खी मौसी मेरे पांव के तलवों को मलती हुई मुझे झकझोरकर जगा रही है···

मैं शक्ति-भर पूरे होश में देखता हूं—चारपाई के पास निधि महाराज खड़े हुए हैं। कोई और भी है। पता नहीं कौन मैं नहीं जानता। वह चम्मच से एक कटोरी में कुछ घोल रहा है···

निधि महाराज उस कटोरी को थामकर, चम्मच से कुछ मेरे मुहं में डाल रहे हैं···

शहद जैसा स्वाद, पर उसमें कुछ कड़वा-सा भी है!

अचानक सारी देह में गर्म-सी लकीरें दौड़ जाती हैं।

निधि महाराज ने मेरे माथे को हाथ से छूकर देखा।

वोले, "बहुत बुखार है पंकज! अभी ठीक हो जाएगा···"

रक्खी मौसी दुपट्टे के छोर से आंखें पोंछ रही है। वह शायद अभी रो रही थी..

होश आता है, पूछता हूं, "मुझे बुखार है?"

रक्खी मौसी कहती है, "पता नहीं मिनटों में ही हो गया। मैं दौडकर निधि महाराज को बुलाने गयी थी। वे वैद्य जी को लेकर आए हैं··· मेरा पंकू अभी ठीक हो जाएगा···"

और रक्खी मौसी मुझसे नहीं, जैसे स्वयं से ही बातें करने लगीं—"मैंने ही सुबह-सुबह माचिस की लाने भेज दिया, शायद हवा लग गयी, सर्द-गर्म हो गया। मैं निगोड़ी खुद ही चली जाती···" सुबह की सारी बातें याद आने लगी। शास्त्री जी के बताये हुए त्रिक भवन भी··· समझ गया, सुबह कोई शंका मेरे मन की गहराई तक उतर गयी थी। उसी ने देह में एक तूफान ला दिया है···

साथ ही खयाल आया कि सुबह वाली बात रक्खी मौसी ने जरूर निधि महाराज को बतायी होगी···"

पता नहीं क्यों, पर निधि महाराज के सामने एक संकोच-सा हुआ···

वह वैद्य जी से कह रहे थे—"दवाई की पुड़िया मेज पर रख दीजिए; शहद की शीशी भी··· तीन-तीन घण्टे बाद देनी है··· ठीक··· शाम को खबर भेजेंगे···"

देखा—वैद्य जी ने मेरी नब्ज टटोली, तसल्ली से सिर हिलाया फिर मेरी बांह को कंबल से ढांपकर चले गए हैं।

मैंने निधि महाराज की ओर देखा, और नजरें झुका लीं···

वह मुस्कराकर चारपाई की पट्टी पर बैठ गए।

मैंने खुद ही कहा, "सुबह कृष्णन शास्त्री आए थे···"

वे मात्र इतना ही बोले, "जानता हूं···"

और फिर वे रक्खी मौसी से कहने लगे, "शहद के एक चम्मच में एक पुड़िया डालकर अच्छी तरह से मिलाकर तीन-तीन घंटे बाद देती जाना। पीने के लिए गुनगुना-सा पानी, या दूध। आज और कुछ खाने के लिए नहीं देना···शाम को खबर भेजना।"

और फिर चारपाई से उठकर हंस दिये, "चाय का परहेज नहीं। पर बिस्तर से उठना नहीं··· और हां, जो कुछ शास्त्री जी ने कहा है—उसे सोचना भी नहीं···"

आठ

सो—सोचना वर्जित है···

कल सारा दिन रह-रहकर निधि महाराज का यह नुस्खा याद आता रहा। और अकेले में, बिस्तर पर लेटे हुए हंसी भी आती रहीं, और रोना भी···

मन की इस बीमारी को नहीं जानता था—जिसमें परहेज सिर्फ सोचने का होता है···

रक्खी मौसी दवाई भी देती रही, चाय-पानी भी।

वह मुझे कमरे में अकेला नहीं छोड़ना चाहती थी, पर मैं ही कुछ देर अकेला होने के लिए आंखें बन्द कर लेता था, और कह देता, "मौसी, अगर मुझे नींद आ गयी, तो दरवाजा भिड़ाकर तुम चली जाना। कमरे में कोई बैठा हो तो मेरी नींद टूट जाती है—कई बरसों से हास्टल में अकेला रहता हूं न, इसलिए आदत पड़ गयी है···"

खयाल रह-रहकर अलमारी की ओर जाता था···

शायद एक पतंगे की तरह, अलमारी के कागजों में सुलगती हुई आग पर जलने के लिए···

पर निधि महाराज ने एक पतंगे को—आग का परहेज बता दिया···

जी में आया, किसी से पूछूं कि दुनिया में कोई वह नज्म भी लिखी गयी है जिसमें पतंगे के लिए आग वर्जित होती है?

दिन—इसी तरह के बेतुके खयालों में गुजर गया।

देख सकता था—बुखार नहीं है। पर उठना मना था, इसलिए बिस्तर से उठा नहीं।

न ही किसी खयाल को बन्द अलमारी का कपाट खोलने दिया···

सन्ध्या होते ही रक्खी मौसी मन्दिर में जाकर निधि महाराज को मेरी खैर-खबर दे आयी।

वैद्य जी की तरफ भी गयी थी। उन्होंने रात के लिए एक नयी पुड़िया दी थी, जो सिर्फ गर्म पानी के साथ लेनी थी और फिर सो जाना था···

रात की नींद में किसी सपने ने दखल नहीं दिया।

आज सुबह उठा—तो बदन बहुत हल्का था। हाथ-मुंह धोया, चाय पी। अपनी किताबों में खोजकर, दिन में पढ़ने के लिए किताब निकाली—लियोनार्दो दा विंचि की जीवनी।

होस्टल में जब मां की बीमारी का ख़त मिला था, तो छुट्टियां लेकर घर आते वक्त मैंने यह किताब रेलवे स्टॉल से खरीदी थी। लेकिन तब मां की बीमारी ऐसा मोड़ ले गयी थी कि किसी भी किताब-इताब की सुध नहीं रही थी···

हंसी-सी आयी—मांबदौलत निधि महाराज! यह आपके हुक्म की तामील है। मैं अपनी ज़िन्दगी की बन्द अलमारी को नहीं खोल रहा, यह लियोनार्दो की

ज़िन्दगी की खुली अलमारी है···

मैं लियोनार्दो की ज़िन्दगी के बारे में कुछ नहीं जानता था। सिर्फ उसके कुछ चित्रों से परिचित था, खासकर मोनालिजा के चित्र से, जिसके प्रिंट की एक कॉपी मुझे कॉलेज के एक मित्र ने दी थी···

किताब को छूते ही—किताब के अन्तिम पृष्ठ की एक पंक्ति ने मुझे बांधकर बिठा लिया—'दिस बुक रिवील्ज द ड्रीम्ज ऐण्ड द ग्लोरी ऑफ ए जीनियस, ऐण्ड द डिस्पेयर ऐण्ड डिफीट ए मैन···'

क्या 'ग्लोरी' और 'डिफीट' दोनों मिलकर एक ही व्यक्ति की एक ही सांस में रहती हैं?

साथ ही खयाल आया—ग्लोरी शायद एक जन्मपत्री का शुभ ग्रह है, और डिफीट उसी का त्रिक भवन···

देखा—मैं त्रिक भवन के प्रभाव से मुक्त हो पा रहा···

यह त्रिक भवन मुझे बार-बार अपने पास बुलाता है···

शायद इस तरह, जिस तरह एक बार एक आदमी को बुलाता है।

नहीं, नहीं··· जिस तरह अन्त में इन्सान को उसकी मिट्टी बुलाती है।

कल से कानों में पड़े कृष्णन शास्त्री के वे स्वर सुलगने लगे—तुम्हारे पिता-भाव का स्वामी तुम्हारे त्रिक स्थान में पड़ा है···

क्या पिता एक शत्रु बनकर मेरी ज़िन्दगी में आये?

लगा—मैं शत्रु दर्शन के लिए व्याकुल हूं···

नहीं—ऐसा विचार भी निधि महाराज को दिए गए वचन से मुकर जाना होगा। उनकी आज्ञा का उल्लंघन···

मैंने शत्रु दर्शन की ओर से ध्यान हटाकर किताब की ओर मोड़ा—मित्र

दर्शन की ओर···

पर अभी मित्र दर्शन नहीं हो पाया था कि अचानक कमरे के भिड़े हुए दरवाजे को खोलते निधि महाराज आ गए।

आश्चर्य हुआ—जरूरत के बिना वे कभी घर नहीं आते। उन्हें पता था कि मैं अब बीमार नहीं हूं···

नमस्कार किया, बैठने के लिए कुर्सी भी आगे सरकायी। मैंने कहा, "वैद्य जी की पुड़िया संजीवनी बूटी जैसी है, मैं बिल्कुल ठीक हूं।"

वह बैठ गए, बोले, "एक संजीवनी बूटी और खानी होगी···"

कुछ समझ में नहीं आया, इसलिए चुपचाप उनकी तरफ देखता रहा···

एक विचार अवश्य आया कि आज वे शायद शास्त्री जी के कहे-अनकहे को मेरे सामने रखकर, मुझे हमेशा के लिए शंकाओं से मुक्त करने आये हैं···

भीतर-ही-भीतर एक भय-सा उठा, उत्कंठा-सी भी···

देह में अचानक कमजोरी महसूस हुई। हाथ की किताब मेज पर रखकर मैं चारपाई की पट्टी पर बैठ गया।

वे पूछने लगे, "सुबह कुछ खाया था?"

मैंने कहा, "एक गिलारा चाय पी थी, एक प्याला दूध भी। और कुछ नहीं। वैद्य जी ने दोपहर में काले चनों की तरी से खुश्क रोटी खाने के लिए कहा था। इसलिए मौसी ने रात को काले चने भिगो दिये थे···"

देखा-उनका ध्यान दूध, चाय या चनों की बात की ओर नहीं था। कहने लगे, "दो दिन हुए किसी लड़की का खत मिला था?"

जानकी का वह खत याद आया, जो परसों उसने मन्दिर की दीवार के पास मुझे दिया था। पर कल से मैं उस खत को भूल चुका था। मैंने कहा, "हां, मिला

था पर कुछ समझ में नहीं आया···"

बोले, "यही समझ की संजीवनी बूटी खानी है, मैं यही बताने के लिए आया हूं।"

मैंने कहा, "वह लड़की जनक चाचा की बेटी है। मैं पहचानता नहीं। नहीं जानता कि उसने अचानक मुझे यह खत क्यों लिखा है···"

निधि महाराज ने जेब में हाथ डाला, एक कागज निकालकर मुझे थमाते हुए बोले, "वह पहला खत था, यह उसका दूसरा खत है···"

"खत? उसने यह खत आपको दिया है, मुझे देने के लिए?"

"समझो पंकज! जनक चाचा की इस चाल को समझो!"

"क्या मतलब?"

निधि महाराज हंस दिये, "यह तुम्हारे जनक चाचा की वह चाल थी, जिसका रहस्य न खुलता तो पता नहीं कितना अनिष्ट हो जाता।"

बताने लगे, "दो लड़कियां हैं, दो बहनें। उनके पिता की नजर हमेशा तुम्हारी जायदाद पर रही है। किसी तरह कुछ नहीं हो सका तो उसने अब बेटियों को तैयार किया है, तुम्हें फांसने के लिए। ताकि तुम एक लड़की से ब्याह करके उसके बस में हो जाओ। अर्थात्, तुम्हारा मकान और तुम्हारी जायदाद उसके अधीन हो जाये।"

मैंने मेज के काग़ज़ों में से जानकी का खत ढूंढ़ा। हिन्दी में था, इसलिए निधि महाराज पढ़ सकते थे। सामने रख दिया। कहा, "इसमें यह भी लिखा हुआ है कि उसके मां-बाप कभी नहीं मानेंगे··· इसमें मैं समझा था कि उसने खत मां-बाप से छिपाकर लिखा है···"

निधि महाराज हंस दिये, "बहुत भोले हो पंकज! इस दुनिया को नहीं जानते। यही तो उसके पिता की चाल है।"

मैं हैरान-सा पता नहीं दुनिया को देख रहा था या कि अपने-आप को! निधि महाराज कहने लगे, "जनक जैसा चालाक आदमी किससे हार खायेगा और कितनी जल्दी, उसने सोचा नहीं होगा··· बेचारा···"

यह सिर्फ निधि महाराज है, जो जनक को बेचारा भी कह सकते हैं। इस वक्त उनकी जगह रक्खी मौसी होती तो ईश्वर के घर तक जाकर 'जनकों' को गालियां दे आतीं।

पूछा, "आप अन्तर्यामी भी हैं, मैं यह नहीं जानता था।"

वे हंस दिये। कहने लगे, "कभी-कभी अशुभ कामों के लिए भी लोगों को मन्दिर और पंडितों की जरूरत पड़ जाती है। मैं अन्तर्यामी नहीं, ईश्वर अन्तर्यामी है।"

बताने लगे, "आजकल कृष्णन शास्त्री मन्दिर में ठहरे हुए हैं, यह सब उन्हीं के कारण हुआ है। वे इस काण्ड से मुक्ति दिलाने का साधन बने हैं···"

कृष्णन शास्त्री कितने गुणी हैं, पूछने के लिए मेरे मन में सहज ही उत्कंठा पैदा हुई। लेकिन मन को रोक लिया। इस वक्त मन को दूसरी दिशा की ओर जाने से रोकना था। मैंने सिर्फ इतना पूछा, "वह किस तरह?"

वह बताने लगे, "जनक की दो बेटियां कुंवारी हैं–एक बड़ी कौशल्या, और एक यह छोटी जानकी। उम्र का हिसाब लगाकर जनक ने पहले बड़ी बेटी को इस काम के लिए तैयार किया। लेकिन शक्ल-सूरत के लिहाज से बेटी जानकी उसे ज्यादा मुनासिब लगी। इसलिए उसने बड़ी को रोककर, छोटी से यह खत लिखवाया और भेज दिया···"

"फिर?"

"फिर बड़ी लड़की में ईर्ष्या जो जाग उठी, जनक को इसका अनुमान नहीं था। उम्र के लिहाज से भी ब्याह की बारी पहले उसकी आनी चाहिए, इसलिए

उसने पिता को मात देने के लिए वही बात सोची जो प्राय: हर नारी सोचती है। उसके लिए शायद मुश्किल होता, यदि मन्दिर में शास्त्री जी न आये होते। मेरे पास आने से शायद वह झिझकती…"

निधि महाराज मेरे व्याकुल बेचैन चेहरे की ओर देखकर हंस दिये। कहने लगे, "वह शास्त्री जी से वशीकरण मन्त्र लेने के लिए आयी थी।"

हंसी-सी आ गयी, "सो एक लड़की खतों से मुझे वश में करने के लिए तैयार हुई, और दूसरी मन्त्रों से…"

"तुम्हें नहीं पंकज! इस मकान को…"

"समझता है…"

"शास्त्री जी गुणी आदमी हैं, उन्होंने दुनिया देखी हुई है। जानते हैं कि ऐसे मन्त्र कच्ची उम्र की लड़कियों के लिए नहीं होते। उन्होंने जब शंका में पड़कर मेरे साथ बात की, लड़की का नाम बताया तो मुझे सन्देह हुआ। पर सही-सही जानने के लिए मैंने उन्हें एक गुर बताया। उन्होंने वही अपनाया…"

"कब? कल…?"

"हां, कल दोपहर को। उन्होंने लड़की से कहा कि मन्त्र की साधना बहुत कठिन है लेकिन कुछ आसान हो जाएगी, यदि वह उस लड़के का नाम भी बता सके जिसे वह वश में करना चाहती है। मन्त्र में उस नाम का उच्चारण करना जरूरी है…"

-सो उस वक्त पता चला कि बेचारे पंकज के साथ क्या-क्या हो रहा है…

-शास्त्री जी ने मन्त्र-पूजा के लिए बहुत बड़ी रकम की मांग की। जानते थे कि वह नहीं दे सकेगी। उसी तरह हुआ। वह रोने लगी, और उसने शास्त्री जी का तरस पाने के लिए-जो भी घर में हो रहा था, सब कुछ सुना दिया-जानकी के खतों की बात भी उसने बतायी।

"और यह ख़त?"

"उसी ने लाकर दिया है, अभी। कल रात शास्त्री जी ने कहा था कि ख़तों का प्रभाव झाड़ने के लिए एक ख़त का सामने होना ज़रूरी है।"

"वैसे शायद मुझे यह ख़त देने के लिए आज जानकी को मन्दिर में आना था..."

"मैंने उसे कल सुबह भी मन्दिर में देखा था। पर कल तुम्हें बुख़ार था, तुम आये नहीं। वह ज़रूर यही ख़त लेकर आयी होगी ···

"और आज बेचारी इस ख़त को तलाश कर रही होगी।"

'बेचारी' शब्द का प्रयोग मैंने शायद निधि महाराज की देखा-देखी कर लिया था। लेकिन मन ग्लानि से भरा हुआ था।"

मैंने कहा, "सो जनक महाराज, अपनी जानकी बेटी से यह कर्म करवा रहे हैं.... यह कैसा पितृ-धर्म है!"

निधि महाराज सहज मन हो गये। वह उठने लगे थे कि एक स्वाभाविक-सा ख़याल जिस तरह मन में आया था, उसे उसी स्वाभाविकता से कह दिया, "क्या इस तरह के विचार ही हमारे समाज के त्रिक भवन नहीं हैं? हम ख़ुद ही अपने शत्रु होते हैं, ख़ुद ही अपने मित्र...."

निधि महाराज ने नज़र भरकर मेरी ओर देखा।

लगा–आज मैंने पहली बार निधि महाराज की आंखों में मोह देखा है...

नौ

कमरे की एक दीवार से लेकर दूसरी तक, क़दम पता नहीं कौन-से फ़ासले नाप रहे थे, जब रक्खी मौसी भोजन के लिए बुलाने आयीं।

उसके आने की आहट भी, अपने ही फ़सलों के लेखे-जोखे में खो गयी, सुनायी नहीं दी।

चौंक-सा गया, जब उसकी आवाज़ कानों में पड़ी, "मैं कहती हूं पंकू ! तु दलीलों में ज्यादा मत पड़ा कर !"

हंसकर मौसी की ओर देखा। कहा, "दलीलें कुछ नहीं मौसी ! देख रहा था कि मारण मन्त्र में और वशीकरण मन्त्र में कितना फ़ासला होता है।"

मौसी हक्की-बक्की-सी होकर मेरी ओर देखने लगी।

जनक की बेटी वाले वशीकरण मन्त्र की बात मौसी को बतानी थी, इसलिए कहा, "देखो ! मारण मन्त्र तो किसी को दूर-से-दूर करने के लिए होता है, और

वशीकरण किसी को नजदीक-से-नजदीक लाने कि लिए। सो दोनों की बात एक दूसरे से उल्टी होती है न?"

मौसी ने हामी में सिर हिलाया, पर समझी कुछ नहीं।

मैंने फिर कहा, "पर एक ही आदमी किसी को मारना भी चाहे, और वश में भी करना चाहे-ये दोनों बातें इकट्ठी कैसे हो गयीं?"

मारण मन्त्र वाली बात रक्खी मौसी ने ही बतायी थी, इसलिए उसका ध्यान जनकों के परिवार की ओर चला गया। पर वशीकरण वाली बात का सम्बन्ध वहां नहीं जुड़ता था, इसलिए पूछने लगी, "तू निपूते जनके की बात छोड़, यह बता कि मोहनीमन्त्र अब कौन फूंक रही है?"

हंसी आ गयी। मैंने कहा, "लेकिन जनक चाचा निपूता नहीं है। उसके बेटा भी है, और दो बेटियां भी···"

मौसी सांस रोककर चारपाई के पायतने बैठ गयी।

मैंने जानकी के खेतों की बात, और कौशल्या की मन्त्र वाली बात मौसी को सुनायी। कहा, "इसलिए सोच रहा था कि मारणमन्त्र पढ़वाने वाला चाचा अब बेटियों से वशीकरण करवा रहा है। ये परस्पर उल्टी बातें उसे क्या सूझीं?"

ममता की दलील शायद सभी विधियों से अलग होती है। बिल्कुल सीधी और ठोस दलील। कहने लगी, " रे, ऐसों के वशीकरण मन्त्र भी मारण मन्त्र होते है।"···

लगा-मौसी ने एक ही फिकरे से सारे फासले नापकर रख दिये हैं···

सोच में डूबती-उतराती कहने लगी, "किसी की बहन-बेटी की बात नहीं करनी चाहिए···रंग-रूप तो भगवान् देता है···पर यदि पल्ले रूप न हो तो इन्सान गुण तो पल्ले बांध ले, वह तो किसी से मांगना नहीं पड़ता।"

मैं नहीं समझ पाया था कि लम्बी-सी भूमिका बांधकर वह आगे किसकी बात करने लगी है। लेकिन उसकी यह बात मुझे मोह गयी कि, 'पल्ले रूप न हो तो इन्सान गुण तो पल्ले बांध ले···'

गुण के सिलसिले में उसने मनुषय को परमात्मा जैसा बना दिया था-अपना कर्ता।

लगा-जन्म और रूप जैसे कर्म परमात्मा ने अपने हाथ में रखकर, सचमुच गुण जैसा कर्म मनुष्य के हाथ में दे रखा है···

मौसी एक गहरी सांस लेकर बोली, "जनक ने तो शुरू से ही उल्टी पट्टी पढ़ी है और अब बेटियों के हाथ में उल्टी पट्टियां पकड़ा दीं···"

—बड़ी छल्लो को उसने पहले भी किसी के पीछे लगाया था। जवाहारियों का लड़का था, लाखों का मालिक। लड़का ही भला निकला जिसने मां के हाथ उसकी चिट्ठियां वापिस कर दीं···उसके घर वाले तो थाने तक जा पहुंचे थे। यह छल्लो लडके की बास्केट में से हीरे निकालकर ले गयी थी··· वो तो लड़के ने ही सारी बात पर मिट्टी डलवा दी···"

कितना सच थाने तक पहुंचा, कितना मिट्टी तक, और कितना मौसी रक्खी तक-इसे जाना नहीं जा सकता था। पर कुछ था-जिसकी गन्ध अच्छी नहीं थी।

लगा-ऐसी ही कुछ त्रिक भवन की गन्ध होती होगी-

मैंने मौसी से कुछ नहीं कहा। वही कहने लगीं, "अब छोटी के भी पर निकल आये।"···

और रोष से बोली, "इससे तो अच्छा था बेटियों को कोठे पर बिठा देता···"

साथ ही; खिड़की में से बाहर की ओर देखती हुई कहने लगीं, "वह जो ऊंचे चौबारे वाला घर है, संगमरमर के चबूतरे वाला—वह भी धी रांड के पैसे से बना है। चार बरस नहीं हुए बूढ्ढे के घर में रोटी के लाले थे। बेटी अच्छी-भली ब्याही थी, पर लड़का गरीब घर का था···गरीब भला उसका क्या मोल लगाता, बुड्ढे ने अपने हाथों उसका फन्दा काट दिया और बेटी को एक सौदागर के हाथ बेच दिया।···"

लगा—किसी भी त्रिक भवन की कथा अब और नहीं सुनी जायेगी।

पाताल गंगा जरूर त्रिक भवन में बहती होगी, क्योंकि मेरे पैरों की ओर से चढ़ता हुआ एक ठण्डा-सा कम्पन अब मेरे माथे की रगों तक पहुंचने लगा था···

रक्खी मौसी से कहा कि वह भीतर के कमरे का ट्रंक खोलकर मां की कोई गर्म चादर निकाल दे, कन्धों के ढांकने के लिए।

मौसी ने पशमीने की चादर निकालकर मुझे देते हुए ताकीद की कि मैं जनकों की चालों से हमेशा सचेत रहूं। साथ ही, उदास-सी होकर कहने लगी, "तुम्हारी मां को तुम्हारा ब्याह अपने हाथों नहीं रचाना था, उसकी किस्मत में जो नहीं था··· लेकिन मेरी सांसें मेरी देह में अटकी रहेंगी, जब तक मैं तुम्हारा घर बसता न देख लूं।"

मौसी के लिए अजीब मोह जागा : कुछ लोग किसी तरह उधार लिये चावों से जिन्दगी को भर लेते हैं, और मन को खाली होने से बचा लेते हैं···

एक विचार यह भी आया कि शायद यही वक्त है जब मौसी से कहूं कि वह मेरे जन्म की सारी सच्चाई मुझे बता दे। इसलिए भी कि मन में जहां कुछ खाली है, मैं उसे भरना सीख लूं···

इसलिए मेरे मुंह से निकला, "मौसी! जनक की जालसाजी का भेद न खुलता, अगर वह कृष्णन शास्त्री मंदिर में न आये होते।"

"यह तो सच है। उसका भला हो···"

मौसी ने उसका प्रसंग जैसे समाप्त कर दिया, लेकिन बात चलाने के लिए मैंने फिर कहा, "निधि महाराज कहते थे—वह गुणी आदमी है।"

"होगा···"

मौसी ने सिर्फ इतना ही कहा। लगा, वह उस दिन की बात से चौकन्नी हो गयी थी, जब उसने शास्त्री जी के सामने कहा था कि मैं ज्योतिषियों की बातें नहीं सुना करती···"

पता नहीं यह क्या साइंस है, कितना सच्चा और कितना अनुमानित, मैं कुछ नहीं जानता। पर बात को चलाने के लिए यह आसरा बना हुआ है। इसलिए मैंने कहा, "लेकिन मां को जरूर इसमें विश्वास रहा होगा, तभी तो उसने मेरी पत्री बनवाकर रखी हुई है, और गीता की भी···"

रक्खी मौसी थोड़ी देर तक चुप रहने के बाद, जैसे सोच-संभलकर बोली, "मैं पण्डितों की बातों को झूठी कहने का पाप नहीं करती, पर वैसे कहती हूं कि आदमी सारे कर्म-काण्ड इन्हीं से पूछकर करने लगे तो स्वभाव वहमी हो जाय··· फिर तेरी तो हंसने-खेलने की उम्र है, तू क्यों इन बातों में पड़ता है? मन लगाकर पढ़ा कर···"

मौसी का कहा झुठलाने वाला नहीं था। पर जो सच मुझे कोई नहीं बताता, उसे पूछने के लिए ये पत्रियां एक साधन बनी हुई हैं। इसलिए हठपूर्वक पूछा, "सिर्फ यह सोच रहा था कि शास्त्री जी यदि गुणी आदमी हैं, तो उन्हें यह पत्रियां क्यों नहीं पढ़नी आतीं? तुम खुद सोचो! मेरी मां को मरे हुए मुश्किल से एक हफ्ता हुआ है, और वह कह रहे थे कि मुझे जन्म देते ही मेरी मां मर गयी थी···"

मौसी अपना निचला होंठ दांतों से काटने लगी···

सो देखा कि इस बात का और मौसी के होंठ का जरूर कोई सम्बन्ध है। उस दिन भी, शास्त्री जी के मुंह से यह बात सुनकर मौसी अपने दांतों से होंठ काटने लगी थी···

अचानक एक सवाल मन में आया। मैंने पूछा, "मां ने ये पत्रियां किससे बनवायी थीं?"

"निधि महाराज से··· और किससे बनवानी थीं!"

लगा—मौसी के लिए अगर कुछ बता सकना मुश्किल है, तो झूठ बोल सकना भी मुश्किल है।

मैं हंसने लगा, "फिर तो मौसी, उस दिन बड़ा पाप हुआ!"

"कैसा पाप?"

"यह कि शास्त्री जी की ऊटपटांग बातें सुनकर मैंने कहा था—छोड़िये इन पत्रियों को, ये गलत बनी हुई हैं। इसीलिए शास्त्री जी कहने लगे कि ये जरूर किसी मूर्ख पंडित ने बनायी होंगी···और हम दोनों ने उस दिन निधि महाराज को मूर्ख पंडित बना दिया।"

साथ ही, मैंने हंसकर पूछा, "क्यों मौसी! यह पाप था न?" और फिर दोहराया, "निधि महाराज को मूर्ख कह देना बहुत बड़ा पाप था।"

पता था कि मौसी पाप-पुण्य के फेर में जरूर आ जायेगी···

कहने लगी, "निधि महाराज देवता-स्वरूप हैं। आजकल ऐसे महात्मा विरले होते हैं··· पाप तो हुआ है···"

शायद आगे कुछ कहने के लिए मौसी को कुछ नहीं सूझ रहा था। इसलिए मैं ही कह उठा, "अब पाप का प्रायश्चित यह होगा कि किसी दिन निधि महाराज को पत्रियां पढ़ने के लिए कहूंगा।"

मौसी के चेहरे पर उसी तरह चिन्ता बनी रही। शायद आज की नहीं, किसी आनेवाले कल की···

लगा—इन दिनों ने किसी सच का सामना करने की मुझे कुछ ताकत दे दी है। हां, बताने वालों में अभी यह ताकत नहीं आयी।

दस

आज रात सचमुच ही मित्र-दर्शन हुआ।

इसे मित्र-दर्शन भी कह सकता हूं और आत्म-दर्शन भी ···

स्वयं को लियोनार्दो जैसे महान् कलाकार के साथ मिलाना शायद गुस्ताखी है। लेकिन मैंने स्वयं को उसके बाल रूप में पहचाना तब, जब वह सराय की एक दासी के पेट से पैदा होने का इलजाम लेकर इस दुनिया में आया था ···

कल सारा दिन, और गयी रात तक मैं लियोनार्दो की जीवनी पढ़ता रहा था। उसी के दर्द में लिपटा हुआ सो गया था। इसीलिए रात को सपने में उसे देखता रहा ···

किताब में बहुत-से लियोनार्दो के बनाए हुए चित्र हैं। जानता हूं, उसकी रेखांकन की वह प्रवीणता उसी को हासिल थी। जो सौम्य और जो किरदार उसने प्रस्तुत किया, वह इतिहास का शाहकार है। आंखें उसकी कला ने मोह लीं ···

पर तब··· जब जाग रहा था···

सो गया—तो मेरे सामने वह दूध-पीता लियोनार्दो था, जिसकी मां को बेसहारा छोड़कर, उसका बाप अपनी अमीर दुनिया में लौट गया था···

बे-सहारा मां को एक शराबी ने सहारा दिया लेकिन उसकी सेज पर जाते हुए उस सत्रह बरस की युवती को गम का ऐसा बुखार चढ़ा कि नार्दो दो बूंद दूध के लिए बिलखता रह गया···

वह कैतरीना अपने बेटे को बकरी के दूध पर पालने लगी।

किताब में उस बकरी का जिक्र है, पर उसका चित्र नहीं है। हैरान हूं—मैंने सपने में वह बकरी भी देखी, और पतली-पतली उंगलियों से उस बकरी का दूध दुह रही कैतरीना भी···

कानून गरीबों के लिए होते हैं, अमीरों के लिए तो वे खिलवाड़ हैं···

समाज का कहर भी सिर्फ गरीबों के लिए होता है···

सोलह बरस की वह कैतरीना जब चौबीस बरस के रईसजादे से मिली थी—पता नहीं सपनों का कैसा महल बना बैठी, जिसे उस रईस लड़के के रईस बाप ने एक ही फिकरे से खंडहर कर दिया था···

वह रईस लड़का समाज की कुंडली का शुभ ग्रह बन गया। और कैतरीना··· वह समाज के त्रिक स्थान में पड़ गयी···

अमीर पिता ने बालक को एक छूट दी कि वह कैतरीना के पास पलने की बजाय, उसके अमीर घर में पल सकता है···

समाज ने भी स्वीकृती दे दी, कानून ने भी—क्योंकि ये दोनों अमीरों के खिलवाड़ के लिए होते हैं···

अमीर बाप का महल कैतरीना के मामूली-से घर से बहुत दूर नहीं था। रास्ते में सिर्फ एक वीरान पड़ता था। और छोटा-सा नार्दो, रात को जब सब सो

जाते थे, अमीर घर की खिड़की से लटककर, अंजीर के पेड़ के साथ झूलता, नंगे पांव वीरान की राह पर चल देता था···

वह अंजीर का पेड़ भी मैंने सपने में देखा, और उसकी टहनियों को पकड़-पकड़कर लटकता हुआ—नार्दो।

सपने में मैं डरता-सहमता रहा कि अंजीर की टहनी कहीं टूट न जाये···

नार्दो नंगे पांव जाता था ताकि उसके जूतों की आवाज न आये।

वीराने में पत्थर भी होते हैं, कांटे भी है और पैरों में कांटे निकालता हुआ जब वह कैतरीना की खिड़की खटखटाता था, बाहर की ओर दौड़ती और हंसती-सी उसका मुंह चूमकर वह बिलख उठती—मेरा नार्दो? मेरा नार्दो।

यही बालक—नार्दो मेरा मित्र दर्शन है···

आत्मा-दर्शन···

सपना टूटा—तो आंखें पानी से भरी हुई थीं।

लगा, कि मुझे नार्दो का नसीब भी नहीं मिला। उसने मां को देखा था, भले ही रात के अंधेरे में, और सबसे छुपकर, और कांटों से बिंधे हुए पैर के साथ। पर मैंने···

रात को सपने में यह एहसास नहीं था—शायद नार्दो की मां से मैंने अपनी मां मांग ली थी···

जिस तरह नार्दो ने मां की छाती से लगकर, मां का मुंह भी देखा, मां की आवाज भी सुनी—मैंने भी···

लगता है—एक रात के लिए नार्दो को हाथ से परे हटाकर मैं उसकी मां की बांहों में लिपट गया था···

नहीं, आज की रात वह नार्दो की नहीं, मेरी मां थी।

आज बहुत तकलीफ है···

मेरा अंजीर का कोई पेड़ नहीं है, जिसके साथ लटककर मैं इस खिड़की से निकल जाऊं···

सामने वीरान है, पत्थरों और कांटों से भरा। लेकिन उसके पार कोई घर नहीं, जिसकी खिड़की खटखटाऊं और मेरी कैतरीना दौड़ती हुई मेरे पास आ जाए···

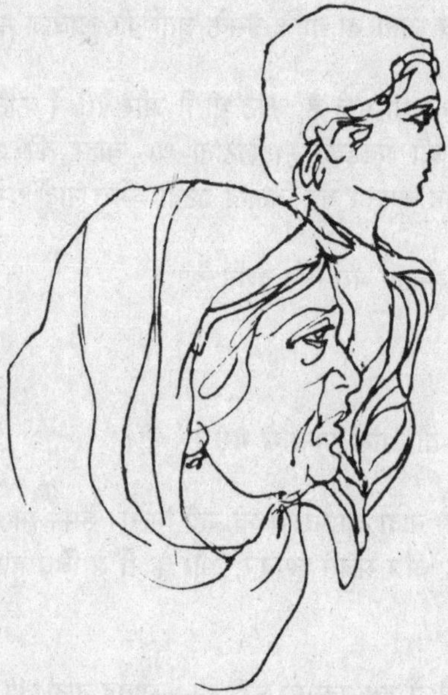

ग्यारह

लियोनार्दो की जिंदगी के बारे में जो भी लिखा हुआ है, उसकी अपनी कलम से नहीं, किसी और की कलम से है। इसलिए नहीं जानता कितना-भर लियोनार्दो किताब के पन्नों में आ सका है, और कितना-भर बाहर रह गया है।···

पता लगा—किसी-किसी जगह, कुछ पंक्तियां हैं जिनमें मैं समाया हूं।

मैं—एक उस क़िताब में जो कल से पहले मेरे लिए अजनबी थी···

कई बार बरसों तक, शायद उम्र-भर, अपना-आप भी तो अजनबी-सा रह जाता है···

मैं और किताब—एक-दूसरे को थामकर बैठे हुए थे, इसलिए घर से बाहर जाने का खयाल नहीं आया। जाने की जरूरत भी नहीं थी—कोई जगह भी नहीं थी। ज्यादा-से-ज्यादा मन्दिर तक चला जाता, निधि महाराज तक, लेकिन जाने को मन नहीं हुआ···

मौसी कमरे में ही चाय और कुछ खाने के लिए दे गयी थी, वह भी एक खलल की तरह सहा, और किताब पढ़ता रहा।

अचानक फिर मौसी आयी, हाथ में एक बंडल था, छोटा-सा लेकिन अच्छी तरह से लपेटा हुआ।

देखकर, मैं कुर्सी से जैसे उछल पड़ा···

दौड़कर रक्खी मौसी की ओर बढ़कर मैंने वह बंडल उसके हाथों से जैसे छीन लिया।

वह शायद बहुत हैरान-सी मेरी ओर देख रही थी, मैंने ध्यान नहीं दिया। उसके कन्धों के ऊपर से ही, उसके पीछे की ओर दरवाजे से दूर इस तरह देखने लगा, जैसे उसके पीछे-पीछे कोई आ रहा हो।

पीछे कोई नहीं था···

मैंने जल्दी से मौसी के कन्धे को झकझोरकर पूछा, "यह बंडल किसने दिया है? वह कहां है?"

और मैं बाहर के दरवाजे की ओर इस तरह बढ़ा, कि अभी जिसने भी यह बंडल दिया था, उसे दरवाजे के पास से लौटने से रोक लूं···

वह जरूर अभी नजदीक ही, इसी गली में था···

मैं शायद—गली की ओर चल देता, पर मौसी ने मेरी बांह कसकर थाम ली, और बड़ी हैरान-सी होकर बोली, "पंकू! क्या हो गया है तुझे?"

मेरे हाथों में वह बंडल कांप रहा था···

मौसी की आवाज से झटका-सा लगा, वह कह रही थी, "दुकान वाला था, उसका नौकर तुम्हारे धुले हुए स्वैटर दे गया है, तुम खुद ही तो उससे कहकर आये थे कि वह जल्दी भेज दे···"

हे भगवान्!

मैंने बंडल मेज पर रख दिया। याद आया—कल अपने दोनों स्वेटर कुछ मैले-से लगे थे। मैं ड्राई-क्लीनर को दे आया था। और कह आया था कि वह धुलवाकर किसी लड़के हाथ घर भिजवा दे···

मौसी के सामने नजरें नहीं उठायी गयीं।

शायद अपने सामने भी शर्मिन्दा-सा हो रहा था···

मौसी कुछ घबड़ायी-सी थी। वह चली गयी, तो मैंने हाथ की किताब को बन्द करके मेज पर रख दिया।

लगा—यह किताब मुझे पागल कर देगी···

लियोनार्द्रो जब बड़ा हो गया था, दूर शहर में रहने लगा था।

कैतरीना बहुत दूर रह गयी थी—मीलों दूर, बरसों फासले पर। पर जब कैतरीना को लगा कि उसकी ज़िन्दगी के दिन थोड़े रह गए हैं, लम्बा सफर तय करती हुई एक बार अपने नार्दो को देखने के लिए चल दी थी···

उसने नार्दो के लिए, मोटे कपड़े की दो कमीजें अपने हाथ से सिलीं। भेड़ की ऊन की तीन जुराबें भी अपने हाथों से बुनीं।

वही कमीजों और जुराबों का छोटा-सा बंडल था, जो एक दिन अचानक कैतरीना अपने नार्दो को देने आयी थी···

और अभी जब मौसी के हाथों में वह बण्डल देखा, लगा—मेरी कैतरीना आयी है···

यह किताब मुझे सचमुच पागल कर देगी···

नहीं, और नहीं पढ़ूंगा। मुझे कमरे से बाहर चला जाना चाहिए—कहीं भी, पर जाना चाहिए···

मैंने बण्डल खोला, और कन्धों पर से गर्म चादर उतारकर, एक स्वेटर पहन लिया।

बूट पहन रहा था कि तभी किसी ने दरवाजा खटखटाया। दरवाजा खुला था, आनेवाले ने यों ही खटखटाकर आने का संकेत किया था।

दरवाजे की ओर देखा, पर पहचान नहीं पाया। मेरी उम्र के करीब का एक लड़का था, शायद मुझसे कुछ छोटा। कहने लगा "आप पंकज हैं?"

मैंने कहा, "हां!" और कुसी की तरफ हाथ किया, "आइए बैठिए।"

वह वहां दहलीज पर ही खड़ा रहा। कहने लगा, "मेरा नाम किशोर है, आप मुझे नहीं जानते। एक तकलीफ देने आया हूं···"

उसके स्वर में एक प्रार्थना जैसा भाव था, लेकिन चेहरे पर एक अजनबीपन झलक रहा था। कहने लगे, "दो मिनट के लिए मेरे साथ आयेंगे। दूर नहीं, मेरा घर साथ की गली में ही है।"

मैंने अपनी स्मरण-शक्ति पर जोर डाला। आखिर बचपन में इसी गली में खेला था, कभी-कभी साथ की गली में भी। लेकिन स्मृति-पटल पर कोई पहचान नहीं उभरी।

उसने भी कहा था—आप मुझे नहीं जानते···

मैं बूटों के तसमें बांध रहा था; उठते हुए पूछा, "क्या बात है?"

"वहां जाकर बताऊंगा—यहां नहीं।"

उसका यह उत्तर कुछ ठीक नहीं लगा मुझे। पर देखा, उसकी आंखें कुछ रोयी हुई-सी हैं। इसलिए किसी सन्देह की बात नहीं थी। मैंने कहा, "अच्छा!"

गली अन्दर की ओर लम्बी चली गयी थी, मेरा घर गली के बाहर की ओर था, इसलिए जल्दी ही—दूसरी गली का मोड़ आ गया···

उसका घर शायद दूसरी गली के अन्त में था। हम दोनों चुपचाप उस ओर चलते रहे···

एक घर के सामने जाकर, उसने चाबी से दरवाजा खोला। लगा—अन्दर और कोई नहीं था।

पैर रुक-से गये—यह किशोर मुझे यहां क्यों लाया है? कौन है यह?

यह भी मन में आया कि आते हुए, यदि रक्खी मौसी को बताकर आता, तो ठीक होता···

उसने दहलीज के अन्दर जाते हुए जब कहा, "आइए!" तो वहां दुविधा में खड़ा रहना मुश्किल-सा लगा। इसलिए उसके साथ भीतर चला गया।

भीतर कमरे की खिड़कियां बन्द थीं, इसलिए दिन की रोशनी कम थी। और शायद इसलिए कमरे की बत्ती जल रही थी···

हैरान हुआ—कमरे में, सामने एक पुराने-से सोफे पर बैठी हुई एक लड़की रो रही थी।

पैर थम-से गये···

किशोर ने बैठने का इशारा किया। यद्यपि उसका ध्यान मुझे किसी कुर्सी पर बिठाने की ओर इतना नहीं था, जितना कि मुझसे कुछ पूछने की ओर। कहने लगा, "इसे कब से जानते हैं?"

"किसे?"

उसने सोफे पर सिमटकर बैठी सिसकती हुई लड़की की ओर संकेत किया।

लड़की के बाल अजीब तरह से उसके चेहरे पर बिखरे हुए थे। शायद बहुत

देर से हो रही थी। आंखें बिल्कुल सूजी हुई थीं। पहचानता नहीं था, इसलिए कहा, "मैं इसे नहीं जानता ···"

किशोर खुद ही उसी तरह खड़ा हुआ था, मुझे भी उसने बैठने के लिए दोबारा नहीं कहा। वह मेरी ओर इस तरह देखने लगा जैसे मेरे सच-झूठ को मेरे चेहरे से पढ़ लेना चाहता हो।

मैंने फिर लड़की की ओर देखा, पहचान नहीं पाया। इसलिए पूछा, "यह कौन है?"

किशोर का स्वर कुछ गुस्से से भर उठा। कहने लगा, "आपकी जानकी।"

'आपकी' शब्द पर मुझे हैरानी हुई। मैंने लड़की की ओर मुंह करके पूछा, "तुम जनक चाचा की बेटी हो?"

लड़की ने 'हां' में सिर हिलाया, और चेहरा अपने घुटनों में छुपा लिया।

किशोर ने अपनी जेब में हाथ डालकर एक काग़ज़ निकाला। मेरे सामने करते हुए उसने पूछा, "जानकी आपको कितने खत लिख चुकी है? यह भी जानकी का खत है ···"

जो था, सो कह दिया, "सिर्फ एक खत! यह मन्दिर की दीवार के पास खड़ी हुई थी, अचानक एक काग़ज़-सा थमाकर चली गयी थी। मैंने उस वक्त इसे पहचाना नहीं था। सिर्फ खत में इसका नाम पढ़ा था।"

आगे पूछने का प्रश्न ही नहीं था, पर उसने पूछा, "यह आपके कमरे में भी रात को आती रही है?"

किशोर का यह प्रश्न सचमुच एक वहम था, इसलिए हंसी-सी आ गयी। मैंने कहा, "यार किशोर! यदि कमरे में आयी होती, तो मैं इसकी सूरत न पहचान पाता? मैं कह रहा हूं कि मैं इसे केवल इसके नाम से जानता हूं, सूरत से नहीं।"

कुछ अनुमान-सा हुआ कि यह किशोर जानकी से प्रेम करता है ···

किशोर ने पूछा, "फिर यह आपको खत क्यों लिखती है?"

मैं अब आराम से किशोर के कमरे की एक कुर्सी पर बैठ गया और कहा, "यदि मैंने खत लिखा होता, तो इस बात का जवाब देता। जिसने लिखा है, तुम उससे क्यों नहीं पूछते?"

"वह सच नहीं बताती।···"

सिमटी हुई जानकी ने घुटनों से सिर उठाकर किशोर की ओर देखा, और रुआंसी आवाज में कहने लगी, "मैंने सच बताया है···"

"सच बताया है···" किशोर के होंठ गुस्से से भिंच गये। कहने लगा, "तुम तो यह खत भी देने के लिए आज मंदिर में गयी थीं। यदि मैं तुम्हारे पीछे जाकर, तुम्हें जबर्दस्ती पकड़कर न लाता, तुम मुझे कभी सच बतातीं?"

जानकी ने अपना सिर फिर अपने घुटनों में छुपा लिया।

किशोर ने मेरी ओर देखा। कहा, "मुझे साफ-साफ बता दीजिए, पंकज जी। क्या आप जानकी से ब्याह करना चाहते हैं?"

किशोर का प्रश्न सचमुच बहुत ही बचकाना था। मैंने उसकी बांह पकड़कर, अपने पास, साथ ही कुर्सी पर बिठाते हुए कहा, "मैं तुम्हारे और जानकी के ब्याह में जरूर आऊंगा, यदि तुम मुझे बुलाओगे।···"

किशोर का क्रोध ठण्डा हो गया। पर क्रोध की जगह वह दलीलों में पड़ गया। कहने लगा, "मुझे तो पता नहीं लगता, यह लड़कियां क्या होती हैं···ब्याह का इकरार मेरे साथ, और प्यार के खत किसी और को···"

जानकी के साथ सचमुच एक हमदर्दी-सी हुई। मैं कुर्सी से उठकर सोफे पर, जहां जानकी बैठी हुई थी, बैठ गया। और जानकी के कन्धे को हिलाकर पूछा, "तुम किशोर से प्यार करती हो?"

जानकी ने 'हां' में सिर हिला दिया।

मैंने कहा, "किशोर सचमुच बहुत अच्छा लड़का है।"

लगा— यह बात मैंने इस तरह कही थी, जिस तरह किसी बच्चे को बहलाते हैं।

पर जानकी सचमुच बच्चों जैसी थी। कहने लगी, "लेकिन आज इसने मुझे बहुत मारा है···"

देखा—जानकी के चेहरे पर सचमुच निशान पड़े हुए थे। दोनों गाल नीले-नीले थे, सूजे हुए।

उसी तरह, एक बच्चे को बहलाने की तरह, मैंने कहा, "वह तुमसे प्यार करता है, इसलिए उसने मारा है।"··· और साथ ही पूछा, "पर यह बताओ कि तुमने मुझे क्यों खत लिखा था?"

"बता चुकी हूं···" जानकी ने कुछ सहमी हुई आवाज में कहा, और चुप हो गयी।

किशोर ने कुर्सी सरका ली, सोफे के बिल्कुल पास। कहने लगा, "यह सारा परिवार ही झूठों का है, पता नहीं लगता कि कौन-सी बात सच्ची है, कौन-सी झूठी।"

मैंने जानकी से कुछ कहने की बजाय किशोर से ही पूछा, "पर यह क्या बताती है?"

किशोर कुछ उदास हो गया। कहने लगा, "बात यह है कि मैं एक गरीब लड़का हूं। यह मकान भी किराये का है। मां जब से बड़े भाई के पास जालन्धर गयी है तब से मैं रोटी भी स्वयं ही पकाता हूं। बाजार में, किसी होटल में खाने की क्षमता नहीं। घड़ियों की एक दुकान पर काम करता हूं। मुश्किल से डेढ़ सौ रुपये महीना मिल पाता है···और पंकज साहब! आपका घर भी अपना है, दुकान, जायदाद भी है। फिर आप ऊंची पढ़ाई भी तो कर रहे हैं, कल को बहुत बड़ी नौकरी मिलेगी···"

जानकी ने एक साही की तरह घुटनों में से सिर उठाया, और कहने लगी, "पर मैंने कब यह सब कहा है?"

किशोर ने जानकी की बात उसी पर दे मारी, "पर अन्दर से तो बात यही है न! तुमने नहीं कहा, तुम्हारे बाप ने कह दिया ⋯"

सो बात वही थी, जो निधि महाराज ने सुनायी थी।

किशोर कहने लगा, "इसके बाप को दुनिया में आदमी नहीं दिखता, सिर्फ पैसा दिखता है। कहती है कि ये खत इसका बाप इससे जबर्दस्ती लिखवाता है।"

मुझे हंसी-सी आ गयी। मैंने कहा, "फिर तो किशोर भाई! ज्यादती तुम्हारे साथ नहीं, मेरे साथ हुई है। सोचकर देखो! यदि कोई लड़की तुम्हें प्रेम-पत्र लिखे, तुम उस प्रेम को सच मान बैठो; और बाद में तुम्हें पता लगे कि वे सब झूठे थे ⋯"

किशोर ने पहली बार हंसकर मेरी ओर देखा।

जानकी की भी कुछ साहस करके घुटनों में से सिर उठाया। किशोर की ओर देखती हुई कहने लगी, "मुझे तो पंकज की पहचान भी नहीं थी। मां को थी। इसलिए वह दूर खड़ी रहीं थी कि जब वह मन्दिर में आये तो वह मुझे इशारे से बता देगी।"

लगा—जानकी सचमुच भोली है, अनजान। दुः ख हुआ कि ऐसी बेटी को जनक जैसा बाप क्यों मिल गया!

एक तसल्ली भी हुई कि किशोर उसे एक किनारा मिल गया है।

देखा—किशोर ने उठकर जानकी के बाल संवारे, और उसके गले में लिपटी चुनरी निकालकर उसके सिर पर फैला दी।

अब मैं बड़े सहज भाव से किशोर से कह सकता था, "तुमने जानकी को सचमुच बचा लिया।" साथ ही पूछ लिया, "पर तुम्हें यह आभास कैसे हुआ कि आज वह मन्दिर में कोई खत लेकर जायेगी? या कि पहले भी उसने कोई खत लिखा था?"

किशोर कुछ शान्त था, पर अधिक, नहीं। कहने लगा, "आभास भला कहां होता? इसी की बड़ी बहन आकर मुझे बता गयी कि आजकल वह पंकज़ के पीछे लगी हुई हैं···"

जानकी ने फिर उलाहने की तरह किशोर को टोका, "बता तो चुकी हूं कि मां ने पहले उसके लिए सोचा था, क्योंकि वह बड़ी है। फिर मैं क्या करूं यदि वह सुन्दर नहीं है। मां कहती थी कि उसकी सूरत देखकर पंकज फंसेगा नहीं। इसी बात पर वह जल-भुन गयी।"

सो मैं—इस वक्त एक जाल से बाहर बैठा हुआ हूं। हंसकर जानकी की तरफ भी देखा और किशोर की तरफ भी।

किशोर ने बात की तह को फिर एक बार टटोला, "पर वह कहती थी कि जानकी रात को पंकज के घर भी जाती है?"

जानकी खीझ गयी। गुस्से से बोली, "हरामजादी झूठ बोलती है···"

मैंन ही किशोर को समझाया, "बड़ी सीधी-सी बात है। वह जानकी से चिढ़ गयी है, इसलिए तुम्हारे मन से उतारने के लिए उसने यह बात भी कह दी।"

किशोर और जानकी की सुलह हो गयी। अब वापिस जाने के लिए उठते हुए सोच रहा हूं—त्रिक भवनों में कैसी-कैसी बातें कही जाती हैं!···

बारह

रास्ते में गली के मोड़ पर मन्दिर है। पैर कुछ थम-से गए, घड़ी-भर निधि महाराज के पास बैठने के लिए। पर ध्यान आया, यही वक्त होता है, जब सुबह की पूजा से निपटकर, वे आराम करते हैं··· इसलिए रुकते पैरों को भीतर गली की ओर मोड़ लिया···

अचानक पीछे से कोई तेज कदमों से बढ़ता हुआ बिल्कुल मेरे पास आकर जैसे मेरी बांह से लग गया।

गली चौड़ी नहीं है, पर इतनी संकरी भी नहीं कि एक-दो के चलते हुए कोई तीसरा पास से न गुजर सके। खैर, जो भी आशय रहा हो, उसे रास्ता देने के लिए मैं बायीं ओर हो गया।

पर जब वह भी मेरे साथ बायीं ओर हो गया, तो मैंने चलते जाने की बजाय, उसकी ओर नजर की—

देखा—एक लजाती हुई-सी युवती थी। मैं पहचान तो नहीं पाया, फिर भी लगा, जैसे पहले कहीं उसे देखा हुआ है···

उसने हाथ से रुकने का संकेत किया। मैं रुक गया, पर मेरे चेहरे पर परिचित होने की स्वाभाविकता नहीं आयी। शायद इसीलिए उसने कहा, "मैं तुम्हारी कुसुम भाभी हूं, पंकज।"

जहां तक याद था—वह यह कि कुसुम भाभी बहुत सुन्दर लड़की थी। जब चन्द्र का ब्याह हुआ था, गली की औरतें उसे शगुन देने गयी थीं। लौटकर जब चबूतरों पर बैठी अपने-अपने क्रोशिए काढ़ रही थीं, कितनी देर तक उसी की बातें करती रही थीं कि चन्द्र ने पिछले जन्म में मोती दान किये होंगे जो ऐसी लड़की ब्याह लाया···

मैंने नजर भरकर उसकी ओर देखा। लगा, छवि वही हैं, पर यह जैसे कुसुम भाभी नहीं, उसकी कोई बड़ी बहन है, कुछ अधेड़-सी।

"कुसुम भाभी?" मुंह से यही निकला।

चन्द्र मेरा समवयस्क नहीं था, पांच-छह बरस बड़ा था। पहले जब मैं और मेरे साथ के लड़के गली में कौड़ियां खेलते थे, वह जबर्दस्ती हमारे बीच आ जाता, और हमेशा खेल से रोंद पीटता···

मां ने मुझे पढ़ाने के लिए बहुत जल्दी होस्टल में डाल दिया था। इसलिए छुट्टियों के दिनों में भले ही घर आता था, पर गली के लड़कों से कुछ अलग-सा हो गया था। उनके साथ न कोई खेल सांझा रहा था, न कोई किताबों की बात, और न ही अब उनकी कोई खास याद रही थी···

चन्द्र की बस दो बातें याद थीं, एक उसके रोंद पीटने वाली, और दूसरे उसके ब्याह की···

इस समय कुसुम भाभी की देह पर साधारण-सी धोती थी, वैसी जैसी कि औरतें घर के काम-काज करने के वक्त पहनती हैं। इसलिए वह न कहीं बाहर से आई दिखती थी, न कहीं बाहर जा रही···

धीरे से कहने लगी, "सुना है कि मन्दिर में कोई मद्रासी पंडित आया हुआ है। बहुत बड़ा ज्योतिषी। एक बार मैंने सुबह-सुबह उसे तुम्हारे घर आते हुए भी देखा था। तुम मुझे उसके पास ले चलो। मुझे अकेले जाते हुए शर्म आती है···"

कुसुम भाभी शास्त्री जी की बात कर रही थी। जानता था कि उत्तर के लोगों के लिए दक्षिण के सारे लोग मद्रासी होते हैं—सो वही कर्नाटक के शास्त्री जी—मद्रासी पंडित होंगे···

कुसुम भाभी कह रही थी, "घर से तो आ गई, पर आगे मंदिर में जाकर पूछने का साहस नहीं हुआ। कितनी ही देर तक खड़ी रहकर लौटने लगी थी कि तुम दिख गए···"

मैं कुसुम भाभी को साथ लेकर मन्दिर की ओर मुड़ गया। शास्त्री जी की कोठरी का पता था, इसलिए दरवाजे के पास जाकर एक नजर देखा कि वह इस वक्त अकेले हैं या नहीं।

वह अकेले थे। पर सामने रखे कागजों पर कुछ इस तरह दृष्टि जमाकर बैठे हुए थे कि मेरे दहलीज पर खड़े होने पर भी उनकी नजर मेरी ओर नहीं उठी।

मैंने ही कहा, "प्रणाम करता हूं शास्त्री जी!"

उन्होंने देखा, शायद पहचानने में पल-भर लगा। फिर तपाक से बोले, "अरे तुम हो पंकज बाबू!" साथ ही कहने लगे, "नाराज हो क्या? कभी इधर नहीं आते?···"

हंसकर कहा, "आप भी तो दोबारा कॉफी पीने नहीं आये। शायद अच्छी नहीं बनी थी···"

वह अपने पास अपनी चटाई पर मेरे लिए जगह बनाते हुए बोले, "आओ बैठो! मैं तो रोज आता पर तुम्हारे निधि महाराज ने सोचा कि उनका पंकज बाबू मैं उनसे छीन लूंगा।"

मेरे पीछे, दरवाजे के पास, कुसुम भाभी खड़ी थी, शायद दीवा की ओट में। शास्त्री जी ने देखा नहीं था, वह अपनी धुन में कहे जा रहे थे, "महाराज तो स्वयं विद्वान् है, शास्त्रों का बहुत अच्छा ज्ञान हैं पर जब भी तुम्हारी बात चलती है, कहने लगते हैं—पंकज को ज्योतिष के चक्कर में मत डालो!"

मुझे हंसी आ गई। जान गया था कि ज्योतिष मेरे लिए ही क्यों 'चक्कर' है, दूसरे लोगों के लिए क्यों नहीं। मैंने कुछ नहीं कहा। और, पीछे की ओर देखकर, कुसुम भाभी को भीतर आने के लिए आग्रह कर, मैंने शास्त्री जी से कहा, "यह हमारी कुसुम भाभी हैं, आज मेरी जगह आप इन्हें चक्कर में डाल दीजिए। यह आपके लिए बहुत श्रद्धा लेकर आई है ···"

"आओ बेटी!" शास्त्री जी ने कहा। और। जब कुसुम भाभी उन्हें प्रणाम करके, उनके सामने नंगे फर्श पर बैठ गयी, तो मैंने आज्ञा ली, "अब मैं चलता हूं! फिर किसी दिन आऊंगा।"

शास्त्री जी ने कुछ नहीं कहा! पर कुसुम भाभी बोली, "ठहरो पंकज! तुम मेरे भाइयों जैसे हो। बाद में घर वाले कहीं यह न कहेंगे कि मैं उनपर जादू-टोने लेने के आई थी।··· मैं तो अपने ही फूटे करमों की बात करने आई हूं ···"

शास्त्री जो को कुसुम की बात समझ में नहीं आई पर उसकी आवाज और चहेरे से कुछ तो भान हो गया। पास की चटाई की ओर हाथ करते हुए मुझसे बोले, "यह कह रही है तो बैठ जाओ!"

बैठ गया।

कुसुम भाभी ने धोती के छोर से आंखें पोंछीं, और पल्लू की गांठ खोलकर दस का नोट शास्त्री जी के आगे रखते हुए कहा, "मेरी यही फूल-पत्री स्वीकार कीजिए!"

शास्त्री जी ने सामने कागज रखते हुए, घड़ी देखी, और हाथ में पेंसिल लेकर पूछने लगे, "बोलो! क्या प्रश्न है?"

कुसुम भाभी ने कोई प्रश्न नहीं किया। उसने आंचल से ढकी चोली से एक जन्म-पत्री निकाली और शास्त्री जी के सामने रख दी।

"तुम्हारे पति की है?" शास्त्री जी ने पत्री को खोलते हुए पूछा। पर कुसुम भाभी ने न में सिर हिलाते हुए कहा, "मेरी है, इस जन्मजली की। कल मां के घर से लाई हूं।···"

शास्त्री जी कुछ देर तक पत्री के अंकों और अक्षरों की ओर देखते रहे। फिर बोले, "बहुत अच्छा लग्न है, तुला लग्न। शुक्र बलवान् है, और बुध, बृहस्पति से प्रभावित है।···इसलिए तुम सत्य-प्रिय हो, धार्मिक वृत्ति की···"

कुसुम भाभी की आंखें भर आईं।

मैं नहीं जानता, कुसुम भाभी को क्या दुःख है, पर शास्त्री जी के सत्यप्रिय कहने पर उसकी आंखों में इस तरह पानी आ गया, जैसे हर कोई किसी की सच्चाई को झुठलाता हो, और फिर कोई एक जोर से कह दे कि वह सच बोलता है, तो सच बोलने वाले की एक अपूर्व आत्मतुष्टि से आंखें भर जाती हैं···

कुसुम भाभी ने आंखें पोंछकर शास्त्री जी को ओर देखा, बोली, "सिर्फ एक बात दीजिए मुझे कि मेरी मौत क्या आग में जलने से लिखी हुई है? ये लोग मुझे जलाकर दम लेंगे···"

शास्त्री जी चुपचाप पत्री की ओर देखते रहे।

कुसुम भाभी ने बात बढ़ायी, "एक ज्योतिषी ने मेरी मां से कहा है कि ससुराल वाले मुझे जला देंगे···"

शास्त्री जी सहज मन से बोले, "देखो बेटी! उसने यह बात क्यों कही होगी, मैं जानता हूं। तुला लग्न वालों को शुक्र लग्नेश भी होता है, अष्टमेश भी। इसलिए शुक्र पर मंगल का प्रभाव देखकर उसने यह बात कही।···पर बात यह है कि अग्नि दस प्रकार को होती है। भीतर-ही-भीतर चिन्ता में जलना भी तो आग से जलने की तरह होता है।"

कुसुम भाभी चुप थी। जैसे मन के भीतर से उठती हुई आग की एक लपट को अपनी चुप से ढांप रही हो···

शास्त्री जी कहने लगे, "छठे स्थान पर राहु की दृष्टि है, म्लेच्छ ग्रह की म्लेच्छ स्थान पर। और पति का कारक ग्रह उसके प्रभाव में है, इस पति की शय्या का सुख दूसरी स्त्री भोगती है। यही आग है, जो मन को जलाती है। ··· "

कुसुम भाभी रो पड़ी।

मैं हैरान-सा कुसुम भाभी की ओर देख रहा था। अचानक मेरे मुंह से निकला, "चन्द्र का दिमाग खराब हो गया?"

कुसुम भाभी धोती का पल्लू मुंह में ठूंसकर अपना रोना रोकती हुई-सी बोली, "पंकज! परसों रात तुमने हमारे घर से लड़ाई की आवाज नहीं सुनी थीं? आधी गली इकट्ठी हो गई थी ··· "

मैं, पता नहीं, खिड़कियां बन्द करके क्या पढ़ रहा था, या कैसा सोया पड़ा ··· कुछ पता नहीं। कुसुम भाभी बताने लगी, "तुम्हारे चन्द्र को उसकी भाभी ने सम्भाल रखा था। मां को भी पता था, बाप को भी, फिर भी बेटे के सिर पर सेहरा बांधकर ब्याहने चल दिये ··· "

मैं इतना-भर जानता था कि चन्द्र की एक विधवा भाभी थी पर ···

लगा ··· छोटे-छोटे खेलों में रोंद पीटने वाले चन्द्र ने जिंन्दगी के सबसे बड़े खेल में भी रोंद पीटा है ···

लज्जा से मेरा सिर झुक गया।

"यह कैसे धर्म-कर्म हैं?" कुसुम भाभी पपड़ियाये होंठों से कहने लगी, "घर की एक बहू अगर विधवा थी, तो उसी के साथ पल्लू बांध देते ··· एक और को क्यों ले आये? ··· अब उनके सिर में दर्द भी हो तो कहते हैं मैंने कोई टोना कर दिया है ··· "

शास्त्री जी कुछ नपे-तुले धीरज से बोले, "देखो बेटी! तुम्हारा बृहस्पति वक्री है। वक्री ग्रह बहुत बलवान होता है। अब राहु की दशा में जब इसकी अन्तर्दशा होगी, तुम्हारा जो कुछ भी खो चुका है, तुम्हें फिर से मिलेगा ··· पति भी, पुत्र-रत्न भी ··· "

कुसुम भाभी विस्मित-सी शास्त्री जी की ओर देखने लगी। उसके मुंह से निकला, "फिर वह औरत?···"

"उसका क्या होगा, मैं नहीं जानता। पर वह तुम्हारी ज़िन्दगी में नहीं रहेगी।" शास्त्री जी ने बताया।

कुसुम भाभी ने शास्त्री जी को प्रणाम किया, जाने के लिए उठ खड़ी हुई। पर पत्री को लपेटकर आंचल के भीतर चोली में रखते हुए वह कुछ इस तरह शांत थी, जैसे आते वक्त उस पत्री के अक्षर उसके मांस में चुभते रहे थे, अब उसकी देह के साथ अचल होकर लग गये थे···

कुसुम भाभी चली गयी। उसे जाते हुए उसका शांत चेहरा भी मैंने देखा। पर मेरे मन को शांति नहीं मिली। रह-रहकर विचार आता रहा—कुसुम भाभी के ये दिन उसे फिर दुबारा कौन दे सकता है···

ध्यान को कुसुम भाभी की ओर से मोड़कर अपनी ओर किया, तो जो बात शास्त्री जी से बिल्कुल नहीं पूछना चाहता था, वह पता नहीं किस तरह मुंह से निकल गई, "शास्त्री जी! दत्तक पुत्र वाली बात भी पत्री में पढ़ी जा सकती है?"

"किसकी पत्री है? कहां है?" शास्त्री जी ने पूछा, तो संकोच-वश मुंह से इतना ही निकला, "किसी की नहीं, यों ही पूछ रहा था···"

वे बोले, "हां, दत्तक योग होता है···"

इस शास्त्र के बारे में मेरा कुछ ज्ञान नहीं है। फिर भी पूछ लिया, "क्या होता है? कैसे पता चलता है?"

वे हंस दिये, "द्वितीय भाव से तथा उनके स्वामी से, यदि छठे भाव के स्वामी का एकादशेश तथा गुरु का पूर्ण सम्बन्ध हो तो वह जातक गोद लिया जाता है···"

मुझे कुछ समझ में नहीं आया कि शास्त्री जी क्या कह रहे हैं।

मैं सिर्फ उनकी ओर देखे जा रहा था···

वे कहने लगे, "सुर्य, शनि, राहु और द्वादशेश—ये चारों ग्रह पृथकता-जनक होते हैं, सेपरेटिव ग्रह। इनमें से दो या तीन जिस भाव में पड़ते हैं, उस भाव से पृथक् कर देते हैं—राज्य-स्थान पर पड़ें तो उस राज्य से, पिता-स्थान को प्रभावित करें, तो पिता से। पत्नी-स्थान को प्रभावित करें, तो पत्नी से···"

—हे भगवान्!

मन अशांत हो गया—क्या मनुष्य इतना शक्तिहीन है?···

क्या ये तारे हम सबको कठपुतली की तरह नचा रहे हैं—हमें धागे से बांधकर, और ऊपर से खींचकर···?

यह क्या है—क्या लाखों मील की दूरी से कोई शनि, सूर्य या राहु नीचे की ओर देखता है, और नीचे एक मासूम-सा बच्चा मां की छाती से टूटकर दूर नीचे गिरता है?···

याद आया—हमारे होस्टल में एक पतले-काले-से लड़के को राहु कहकर छेड़ा जाता है। सिर्फ एक बार बेचारे से गलती हो गई कि लड़कियों के होस्टल में से लड़की ने उसके हाथ अपने दोस्त को खत भेज दिया। उस दोस्त का नाम भी राकेश था और हमारे प्रोफेसर का नाम भी राकेश। उसने भूल से वह खत प्रोफेसर को दे दिया।···बात उल्टी-सीधी होनी थी, हो गई, पर उसका नाम तब से राहु पड़ गया।··· अब होस्टल में यदि किसी दिन दाल-सब्जी भी जल जाए, तो उसी का नाम लगाया जाता है कि वह जरूर होस्टल के किचिन के पास से गुजरा होगा···

देखा—शास्त्री जी कह रहे थे—राहु तो जाति-हीन है, छाया ग्रह के साथ बैठता है, वैसा फल देता है। शनि के साथ होगा, तो शनि जैसा हो जायेगा···

हैरानी हुई। पूछा, "क्या ग्रहों की भी जातियां होती हैं?"

शास्त्री जी हंस दिये, "हां पंकज बाबू! सबकी जाति होती है।"

पूछा, "क्या मतलब? क्या किसी मनु महाराज ने इन्हें भी ब्राह्मण, क्षत्रिय वैश्य, और शूद्र बना दिया?···"

वह खूब हंसे। कहने लगे, "इनका मनु महाराज कौन था, यह तो नहीं जानता। पर यह जानता हूं कि वृषादिक का मंगल ब्राह्मण होता है, और मेष राशि का मंगल क्षत्रिय। मकर का शनि वैश्य होता है, और कुम्भ का शनि शूद्र ···"

मुझसे रहा नहीं गया। उन्हें बीच में ही टोकते हुए बोला, "फिर तो सबसे अच्छा राहु है, जो जाति नहीं मानता।···"

वह बोले, "राहु और केतु दोनों जाति-हीन होते हैं, पर दूसरे की जाति को अपनी मान लेते हैं।"

मैंने जैसे मन-ही-मन कहा, "फिर ये दोनों पिछलग्गू होंगे ···"

शास्त्री जी के लिए मेरे मन में आदर है। मैं उनकी इस विद्या को नकार नहीं सकता। फिर भी मन में एक बेचैनी हुई, सो प्रणाम करके उठकर आ गया।

लगा—कल मैंने गलत सोचा था कि इन दिनों ने किसी सच का सामना करने की मुझे शक्ति दे दी है, पर बताने वालों को अभी सामर्थ्य नहीं दी। इस वक्त लग रहा है कि मुझमें किसी भी सच को झेलने की अभी ऐसी शक्ति नहीं है। निधि महाराज ने शास्त्री महाराज से सच कहा है—पंकज को इस चक्कर में मत डालो ···

तेरह

सुबह-सुबह रामलाल मुंशी आया, और उन दुकानों का किराया नकद दे गया, जिन्हें मां ने किराये पर दे रखा है।

रसीद पर दस्तखत करते वक्त, खयाल जरूर आया कि मां के दस्तखत के बगैर शायद उन लोगों को रसीद पूरी नहीं लगेगी, पर मुंशी ने एतराज नहीं किया। पता लगा—मां ने अपने जाने का समय कई बरस पहले की स्मृति में रखा हुआ था, और किरायेनामे पर लिखा हुआ था कि उसके बाद, सिर्फ मेरे दस्तखत काफी होंगे···

वह मां—जिसने कभी ऐसे कामों के लिए दस्तखत करना भी मुझसे सीखा था, मुझे अपनी डिग्रियों से कहीं ज्यादा पढ़ी-लिखी लगी; जिसे अपनी गली से बढ़कर किसी दुनिया का ज्ञान नहीं था, पर जिसे वक्त का ज्ञान था—मात्र वर्तमान का नहीं, आनेवाले कल का भी···

दिन चढ़ा हुआ था, लगभग दोपहर का समय। पर, वह अभी तक फैसला नहीं कर सका था कि आज उसे सूरज की रोशनी बांटनी है या बादलों का अंधेरा।

यह सूरज और बादलों की आंख-मिचौली थी, जब बाहर का दरवाजा खटखटाकर डाकिये ने मुझे एक खत दिया।

रिक्ता ···

रिक्ता का खत ···! वह कुछ इस तरह याद आयी, जैसे बचपन में सुनी एक कहानी याद आ गयी हो ···

वह मेरे साथ की है—यूनिवर्सिटी की, लड़कियों के होस्टल की, मुझसे कोई दो बरस छोटी ···

खत मां के निधन की खबर सुनकर लिखा गया है। जब छुट्टी लेकर आया था, मां की बीमारी की खबर उसने मुझसे ही सुनी थी, पर निधन की खबर जरूर कॉलेज के दफ्तर में से सुनी होगी, मेरे खत के माध्यम से, जिसे मैंने छुट्टी बढ़ाने की अर्जी के रूप में लिखा था।

खत छोटा-सा है, मेरे लिए संवेदना से भरा हुआ। साथ ही, एक छोटी-सी शिकायत कि मैंने उसे खत लिखकर क्यों नहीं बताया।

इस शिकवे का हक उसने कुछ इस रूप में जताया—जहां वह लिखती है कि उसे यदि होस्टल से छुट्टी लेकर आने की बाधा न होती, तो वह अवश्य ही इस उदासी के समय, मेरे यहां आकर, मेरे घर, मेरे पास होना चाहती ···

यह 'हक' लफ्ज क्यों शुरू हो जाता है, और क्यों एकाएक खत्म हो जाता है—पता नहीं ···

लेकिन उसे अभी इसके खत्म होने का पता नहीं ···

यह सिर्फ मुझे पता है। और इसीलिए यह 'बेचारा' लफ्ज मुझे इस तरह लग रहा है, जिस तरह बचपन में सुनी हुई किसी परी-कहानी का 'सच' बड़े होने पर निरा 'झूठ' हो जाता है ···

और हैरानी होती है कि वह हमें कभी सच लगता भी था ···

पता नहीं—जिन्दगी के कुछ सच किस तरह के होते हैं, जिनके सामने अचानक प्रश्न चिन्ह आकर खड़े हो जाते हैं···

और एक कोई इस पार रह जाता है, दूसरा उस पार···

ये प्रश्न-चिन्ह भी शायद पाताल गंगा होते हैं जिसमें कोई भी उत्तर देने की शक्ति बह जाती है···

जिस तरह आज सूरज ने आंखों पर बदली डालकर, आंखें मूंद ली हैं, मैं भी आंखें बन्द कर उस प्राचीन काल का स्मरण करना चाहता हूं, जब मैंने रिक्ता की यह परी-कथा सुनी थी···

काल सिर्फ युग के साथ नहीं बदलते, दिनों के साथ भी बदलते हैं, गिनती के दस-बाहर दिनों के साथ भी···

दस-बारह या शायद पन्द्रह दिन पहले जब होस्टल से छुट्टी लेकर आया था—वह प्राचीन काल था···

और रिक्ता सचमुच एक परी हुआ करती···

कहती थी··· तुम्हारी-मेरी जात नहीं मिलती, प्रान्त भी नहीं मिलता, भाषा भी नहीं मिलती। और मैं कहता था—परियों की न जात होती है, न प्रान्त होता है, न भाषा। उत्तर में वह कहा करती थी—परियों की तरह देवताओं की भी जात नहीं होती। न उनका प्रान्त होता है, न भाषा···

और रिक्ता मेरे लिए परी बन जाती थी, और मैं उसके लिए एक देवता···

परी की पहचान यही होती है कि उसकी परछाई नहीं होती···

बेचारी रिक्ता···

नहीं जानती कि मेरी उम्र के पच्चीस-के-पच्चीस बरस एक बहुत लम्बी और काली परछाई बन गये हैं···

सूरज पता नहीं किस और है—शायद आगे है, क्योंकि मेरी पीठ के पीछे पच्चीस बरस लम्बी काली परछाईं हैं···

पर सूरज शायद पीठ की ओर है, क्योंकि अपने सामने मुझे शेष उम्र की बरसों लम्बी एक काली परछाईं दिखती है···

पता नहीं यह कैसा सूरज है! पीछे की ओर देखता हूं तो वह दौड़कर आगे चला आता है, मेरी पीठ पर परछाईं लादने के लिए। और जब मैं आगे देखता हूं, यह भागकर पीछे चला जाता है, मेरे सामने एक लम्बी परछाईं रख छोड़ने के लिए···

और रिक्ता नहीं जानती कि जब कोई परछाईं किसी देवता के पीछे पड़ जाती है, तब उसकी परी के पर टूट जाते हैं···

तब वह देवता सिर्फ पंकज हो जाता है, एक असहाय और मासूम लड़का···शायद किसी की नाजायज़ सन्तान, जिसे कभी एक उदार हृदय महिला ने पाल लिया था···

और तब वह परी भी सिर्फ़ रिक्ता हो जाती है, एक अमीर और खानदानी घर की लड़की—जिसे पंकज जैसे लड़के की मैत्री, अपने यौवन की एक बेवकूफ़ी लगने लगती है···

'लगती है' नहीं, लगेगी···

कब? जब भी वह जानेगी···

अभी ख़त लिखकर बता दूं, तो तब, उसी घड़ी, जब ख़त मिलेगा···

यदि इस वक्त वह सामने होती, तो अभी···

मां ने एक भविष्य को वर्तमान बनने से पूरे पच्चीस बरस रोके रखा था। पर मां नहीं रही, उसकी वह शक्ति नहीं रही, तो वह भविष्य पल-भर में वर्तमान बन गया···

एक भयानक वर्तमान···

रिक्ता नहीं जानती कि उसके लिए भी एक भविष्य, एक वर्तमान बनने वाला है···

आसमान अभी तक फ़ैसला नहीं कर सका था कि वह आज सूरज को राह देगा या बादलों को। किसी घड़ी अचानक बादलों को चीरकर सूरज निकल आया है। आंखें उसके प्रकाश से बहलने लगती हैं कि अचानक बादल फिर छा जाते हैं। और इसी तरह आंखें जब बादलों के अंधेरे के साथ बहलने लगती हैं तो एकाएक बादलों को चीरकर सूरज फिर दिखायी दे जाता है···

ये धूप और छांव सुबह से आसमान पर बैठी एक दुविधा में पड़ी हुई हैं···

और मैं भी सारा-सारा दिन उन्हीं को देखता-देखता, अब अचानक एक दुविधा में पड़ गया हूं··· यदि कहीं···

यदि कहीं एक परी आज भी उसी तरह एक राक्षस के किले में क़ैद हो, और वह···

कहानी सिर्फ इतनी-भर बदलेगी कि उस परी के पर टूट चुके होंगे। और वह किले के झरोखे में से सुनहरी बालों की निशानी नहीं भेजेगी, साधारण डाक से ख़त भेजेगी। उसके आंसू कभी मोती नहीं बनेंगे, वे जहां भी गिरेंगे, मिट्टी में मिल जायेंगे···

और किले का राक्षस—लाल-लाल आंखों वाला और लम्बे-लम्बे सींगों वाला यह हमारा समाज होगा···

और हो सकता है कि टूटे परों की कमी को पूरा करने के लिए उस परी के पैरों में कोई बल आ जाये···

पर वह घोड़े पर सवार होकर आया देवता?

यहां भी कहानी इतनी-भर बदलेगी कि उसे जंगलों और पहाड़ों में भटकने की बजाय, अपनी परछाई के अंधेरे में भटकना पड़ेगा···

और फिर वह नंगी तलवार लेकर एक दिन किले के दरवाजे के सामने पहुंच जायेगा···

यह नंगी तलवार एक जवान मर्द के पैशंन की होती है···

और फिर दरवाजे पर खड़ा हुआ दरबान कहेगा कि उसे आगे बढ़ने से पहले सात सवालों के जवाब देने होंगे···

दरबान का पहला सवाल बहुत ही सीधा होगा, बहुत ही साधारण कि वह कौन-सी इन्द्रपुरी से आया है, किस बाप का बेटा है और किस मां की कोख से जन्मा है?

और अचानक एक काली परछाईं उस नंगी और चमकती तलवार पर भी लिपट जायेगी···

नहीं-नहीं, यह कहानी आगे नहीं चल सकती···

यह दरबान के पहले सवाल के साथ ही रुक गयी है···

और जो किले में बंदी हो चुकी परी को छुड़ाने आया था, वह चुप है···

वह यह पहेली नहीं बूझ सकता···

बहुत साधारण-से सवाल ज़िन्दगी की पहेलियां कब कैसे बन जाते हैं, नहीं जानता···

आसमान पर आज भी धूप और छांव बड़ी दुविधा में पड़ी हुई हैं···

मैं कहानी को फिर किसी गैबी ताकत के जोर से आगे चलाता हूं···

किले का राक्षस बड़ी गहरी नींद में सो रहा है···

और किले में पड़ी हुई परी के कदम बाहर दरवाजे की ओर चल देते हैं···

पहेलियों को बूझने के लिए दरबान की शर्त उस परी पर लागू नहीं होती। इसलिए वह सवाल का जवाब दिये बगैर, दरवाजे को लांघकर बाहर उसके पास आकर खड़ी हो जाती हैं···

और नंगी तलवार से लिपटी हुई काली परछाईं उस तलवार पर से उतर जाती है···

तलवार की मूठ को जिस हाथ से कसकर थामा हुआ था, वह हाथ अब परी के हाथ को कसकर थाम लेता है···और वह दोनों जल्दी से अपनी राह चल देते हैं···

रास्ते में फिर वही अंधेरा है, जिसे उस अकेले पुरुष ने घने जंगल की तरह चीरा था···

वह परी अंधेरे से कांपकर उसकी छाती से लिपट जाती है···

प्राणों की शक्ति पैरों में भी आ जाती है और तब दोनों अपनी तरह कहानी को भी आगे चलाते हैं···

और परछाईं जब निशा की तरह काली होकर दोनों की दृष्टि के आगे फैल जाती है, तब हाथों से एक-दूसरे को टटोलकर दोनों अपना-अपना विश्वास खोजते हैं···

अंग अकेले-अकेले भी सिमटते हैं, और एक-दूसरे के अंगों में भी··· और दोनों के प्राण बिजली की रेखा जैसे हो जाते हैं···

एक करिश्मा···

एक विलक्षण-सा, जैसा आदमजाद ने कभी नहीं देखा।

एक सफेद दूध और आग की तरह जलता करिश्मा···

और वह करिश्मा, जो उनके अपने अंगों में से उठता है···

और उस करिश्मे से प्रभावित वे दोनों एक-दूसरे के अंगों से मन्त्र-मुग्ध हो जाते हैं···

जान जाते हैं कि ये अंग जब अलग-अलग थे, इनमें से कोई करिश्मा नहीं जागता था···

और वे बार-बार एक-दूसरे के अंगों में यह जादू जगाते हैं···

कहानी एक सहज गति से चलती है, जाने किस ओर, पर चलती है···

लेकिन हवा की गति सहज नहीं है। इसलिए उनकी सांस भी सहज नहीं···

हवा कुछ तीखी होती है, तो उनकी सांसें तीखी हो जाती हैं। धूल के कणों की तरह संकट के कण हवा में मिल जाते हैं जबकि किले में सोया हुआ राक्षस जागकर, अब उनका पीछा कर रहा है···

और उनके प्राणों में से उठती बिजली की रेखा सहम जाती है···

शायद इसलिए कि वह राक्षस इस बिजली की रेखा से उनका पद-चिन्ह खोज लेगा···

और अब वे सहमे हुए—एक-दूसरे के अंगों में सफेद दूध और आग की तरह जलता करिश्मा नहीं पैदा करते···

इस करिश्मे को वे अपनी-अपनी छाती में छुपा लेते हैं···

और कभी डटकर एक-दूसरे की छाती से लगकर इसे सिर्फ टटोलकर देखते हैं···

पता नहीं कहानी थक गयी है कि परी के पैर थक गये हैं। वह पूछती है—मेरे देवता? आखिर तुम्हारी इन्द्रपुरी कितनी दूर है?

और वह परी की सांसों में डूबने की बजाय अपने ख़यालों में डूब जाता है कि वह कौन-से खंडहर को अपनी इन्द्रपुरी कह सकता है···

जानता है कि एक साधारण इन्सान जब देवता बनता है, तो उसकी इन्द्रपुरी को खोलने वाले सिर्फ दो दरवाजे होते हैं। एक उसके बाप के नाम वाला, और दूसरा उसकी मां के नाम का··· और दोनों नाम उससे खो गये हैं इसलिए दोनों दरवाजे उससे खो गये हैं, और इसलिए वह अपनी इन्द्रपुरी में प्रविष्ट नहीं हो सकता।

और वह जानता है कि मां-बाप का वजूद किसी की बहुत निजी ज़रूरत होती है, जिसका किसी और के साथ वास्ता नहीं होता। किसी परी के साथ भी नहीं, किसी राक्षस के साथ भी नहीं, और रास्ते में खड़े किसी दरबान के साथ भी नहीं। पर उनके नामों का, उन सभी से वास्ता होता है··· कभी-कभी कोई परी इस नियम में कोई रियायत कर सकती है, पर कोई दरबान कभी नहीं कर सकता है, और न कोई राक्षस कर सकता है, जिसने सात सवाल अनादि काल से नियत कर रखे हैं···

कौन मां थी? वह नहीं जानता। इसलिए नहीं जानता है कि एक शिशु को होंठों में और मां के दूध में एक फ़ासला पड़ जाता है, वह कैसे होता है! दूध पता नहीं कौन-से अंधेरे में बिखर जाता है, और होंठ पता नहीं किस अंधेरे में बिलखते हैं···

पर यह उसका निजी दुःख है। इसका सम्बन्ध भी न किसी परी के साथ है, न किसी दरबान से, और न किसी राक्षस से।

और इस वक्त—किसी परी-कथा को वह आगे चलाना चाहता है। उसे उसके निजी दुःखों से वास्ता नहीं, उसे सिर्फ नामों से वास्ता है···

और नाम कहीं से भी नहीं मिलते, कहीं से भी सुनायी नहीं देते···

कहानी अचानक बीच में रुक गयी है···

वह कांप उठता है··· जानता है कि उनका पीछा कर रहा राक्षस अब उन तक पहुंच जायेगा···

वह घबराकर अपनी परी को अपने अंगों में छुपा लेना चाहता है, उसकी

सांसों को अपनी सांसों में समाकर। पर फैली हुई बांहें हवा में कांपने लगती हैं···

वह परी कहीं भी नहीं··· कहानी भी कहीं नहीं···

कहानी शायद पीछे लौट गयी है जहां से शुरू हुई थी। और परी उसके साथ चली गयी है, अपने किले की हिफ़ाजत में··· पर शायद परी के पर नहीं थे, इसलिए उस राक्षस ने उसके पैर बांधकर उसे किले में डाल दिया है···

सामने मेज पर सिर्फ़ रिक्ता का ख़त पड़ा है। कहानी की उस निशानी की तरह, कि वह यहां, मेरे पास, इसी कमरे में अभी आयी थी···

अब धूप और छांव दोनों ख़त्म हो चुकी हैं। संध्या उतर आयी है··· इसलिए दिन की दुविधा भी ख़त्म हो गयी है···

और मैं जान गया हूं कि परी सिर्फ़ वह होती है, जो पैरों के बल नहीं, सिर्फ़ परों के बल ही उड़ती है। और इन्सान तब देवता होता है, जब किसी भी गुज़र चुके वक्त की परछाई उसके साथ नहीं होती।

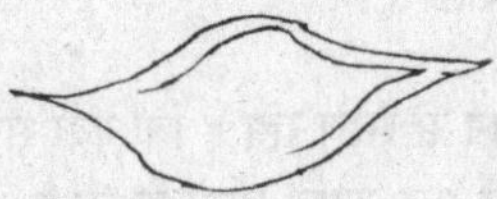

चौदह

रात को सोने के वक्त तक शायद 'इन्द्रपुरी' लफ़्ज़ मेरे भीतर कहीं अटक गया था। सो गया, तो सपने में वही लफ़्ज़ मुझे उलाहना देता रहा—क्या एक अंधेरे बन्द कमरे को इन्द्रपुरी कहा जा सकता है?

सपना—एक खंडहर में शुरू हुआ था, और अब मेरे जागने तक, मुझे याद है, कि वह उसी खंडहर में खड़ा था··· अब शायद खड़ा नहीं रहा होगा, मेरी तरह थककर एक बड़े-से पत्थर पर बैठ गया होगा···

मैं भी सपने में बड़ी देर तक एक पत्थर पर बैठा रहा था···

पत्थरों से चिना हुआ एक कमरा-सा भी देखा था। दूर से भी, पास जाकर भी, दीवारों को टटोलकर भी···

एक जगह—दीवार में, कुछ हिस्सा लोहे का लगा था, काले और जंग खाये लोहे का···

जाने वह दीवार की हकीकत थी, कि सपने में धड़कते हुए मेरे अवचेतन की, खयाल आया था कि वह लोहे का हिस्सा, उसका दरवाजा है···

मांस के हाथ—उस लोहे के आगे हार गए थे···

साथ ही हाथ कांप गये थे कि अगर उस दरवाजे ने रास्ता दे दिया, तो भीतर का अंधेरा मेरे सामने कैसा रहस्य खोलेगा?

किसी दरो-दीवार ने रास्ता नहीं दिया था—पर मैंने कल्पना की थी कि भीतर पच्चीस बरस पुरानी दो लाशें हैं···

शायद बेकफ़न···

तो क्या मैं उन लाशों के गले लग पाऊंगा?

उस वक्त नहीं, अब जाकर, चेतन मन से सोच रहा हूं कि क्या सचमुच एक लाश को देखकर मेरे होंठों में अटका हुआ एक लफ़्ज़ होंठों से बाहर आ सकता है?

ये होंठ—एक अजनबी चेहरे को देखकर मां कह सकते हैं?

और उस दूसरी लाश को मैं होममंदी में बाप कह सकता हूं?

शायद सपने वाले खंडहर का प्रभाव था कि मैं अतीत के अंधेरे में दो लाशों की कल्पना करता रहा···

मौत और अंधेरा शायद एक-दूसरे के चिह्न होते हैं··· ठण्ड और अजनबी···

पर अब—इस वक्त, चढ़ते सूरज के समय सोच रहा हूं कि अतीत के अंधेरे में किसी के दुखों की दास्तान भी तो हो सकती है···

सूरज शायद ज़िन्दगी का चिह्न है, ज़िन्दगी की हरकत का, ज़िन्दगी की तपिश का, इसलिए सोच रहा हूं कि शायद वह दोनों ज़िन्दा हों, और उनके दर्द में वे दुःख भी शामिल हों, जो मैंने नहीं भुगते···

मुझे गोद का आश्रय भी मिला, घर की छत का आश्रय भी···

पर वह?

उनकी गोद जब सूनी हो गयी होगी, वह हमेशा के लिए खाली रह गयी होगी···

मैं तब मांस का एक टुकड़ा-सा रहा हूंगा, जब उनकी गोद सूनी हुई थी—और आज···

यह मेरा 'आज' एक बलवान् चौबीस बरस को जवान 'आज' है।

मन में ललक-सी उठी कि अगर वह सूनी गोद कहीं मुझे दिखायी दे, मैं यह सारा 'आज' उस गोद में डाल दूं···

ख़याल अपने सिर से लेकर अपने पैरों तक, फिसलता हुआ अपनी बांहों पर आ गया। लहू की गर्दिश की तरह बांहों में एक गर्दिश फैल गयी कि अगर वह बदनसीब आदमी मुझे कहीं मिल जाए वह हैरान और मेरा कमज़ोर-सा बाप, तो अपनी ये दोनों बांहें मैं उसकी ताकत बना दूं···

गुस्सा आ रहा है कि आखिर इतनी क्या मजबूरी थी कि उन दोनों ने मेरी ज़िन्दगी के इतिहास को हमेशा के लिए एक अंधेरा और बन्द कमरा बना दिया···

कोई मजबूरी थी—तो उस दरवाजे की एक चाबी तो मेरे लिए सुरक्षित रखी जा सकती थी···

साथ ही ख़याल आया—जब उन्होंने मुझे किसी और की गोद में डाला था, तब मेरे इतिहास के बन्द कमरे की चाबी भी जरूर उसके हवाले कर दी होगी··· और यह मां, वह चाबी पता नहीं कहां रख गयी है···

नहीं जानता कि इस मां को कभी सचमुच किसी ने अपने हाथों मुझे सौंपा था, कि मां ने मुझे किसी निर्जन और सूनी जगह से खुद ही उठाकर गोद में लपेट लिया था··· सो हो सकता है कि उसके पास भी मेरे इतिहास के बन्द कमरे की कोई चाबी नहीं थी···

कोई चाबी कहीं है या नहीं, मैं यह नहीं जानता। पर जानता हूं कि कुछ है, जो मां भी जानती थी, रक्खी मौसी भी और निधि महाराज भी···

वह अंधेरा बन्द कमरा, पता नहीं इन्होंने असली चाबी से खोला, कि नकली चाबी से, मैं नहीं जानता, पर इन्होंने खोला जरूर था···

इसीलिए सारे हमेशा चुप रहे···

सचमुच मां कितनी भोली थी। उसने सोचा कि मुझे सारी उम्र कभी चाबी की ज़रूरत नहीं पड़ेगी। इसलिए उसने कभी भी चाबी की बात मेरे कानों में नहीं पड़ने दी।

वह नहीं जानती थी कि ऐसे बन्द कमरों की चुगली देवता नहीं खाते, पर इन्सान ज़रूर खाते हैं···

देवी-देवता तो उसने मेरी मन्नतें मांग-मांगकर मना लिये थे···

और उसने मेरी रूठी हुई तकदीर को भी मना लिया था। मैं जाने कैसा गरीब और बेसहारा था, मां ने यह सारा घर पैसा मुझे देकर मेरी रूठी हुई किस्मत को मना लिया···

पर समाज?

समाज तो जनक चाचा होता है···

नहीं, एक जनक चाचा नहीं, अनेक जनक चाचा···

अचानक बाहर का दरवाजा खुलने की आवाज़ आयी। साथ ही, मेरे कमरे का भिड़ा हुआ दरवाजा भी खुला। देखा—सामने निधि महाराज खड़े हैं, और उनसे दो कदम पीछे रक्खी मौसी है।

आवाज़ रक्खी मौसी की आयी—"महाराज कितनी देर से दरवाजा खट-खटा रहे थे, तू शायद सोया हुआ था। फिर मैंने ही आवाज़ सुनी और इधर आकर अपनी चाबी से दरवाजा खोला···"

मैं निधि महाराज को बिठाने के लिए चारपाई से उठ रहा था कि रक्खी मौसी की बात सुनकर मुंह से निकला, "मैं भी चाबी ढूंढ रहा था···"

मैंने दरवाजे की आवाज़ बिल्कुल नहीं सुनी थी। पता नहीं मन की किस गार में उतरा हुआ था, पर जो चाबी मैं तलाश कर रहा था, उस चाबी की बात, इस चाबी के साथ जोड़कर मैं हंस-सा दिया।

निधि महाराज बैठ गये, तो रक्खी मौसी ने कहा, "पंकज के लिए चाय बनाने जा रही थी, आपके लिए भी अभी लेकर आती हूं।"

निधि महाराज ने उसे बैठने के लिए कहा, "चाय की ज़रूरत नहीं, एक सलाह करनी है···"

"परसों बहन की तेरहवीं है···" मौसी ने मेरी चारपाई की पट्टी पर बैठते हुए कहा।

"इसीलिए···" निधि महाराज ने कहा, और जैसे मुझसे नहीं, रक्खी मौसी से ही कहने लगे, "बाद में अस्थियां प्रवाहित करने के लिए हरिद्वार भी जाना है। पंकज की पढ़ाई में हर्ज न हो, इसलिए यदि अभी वहां जाकर क्रिया की रस्म भी गंगा के किनारे कर ली जाए, और साथ-ही-साथ अस्थियां प्रवाहित करने की भी, तो ठीक रहेगा।"

रक्खी मौसी कुछ चुप-सी हो गयी। फिर कहने लगी, "जैसी आपकी आज्ञा! पर···"

'पर' का अर्थ मैं नहीं समझा, लेकिन निधि महाराज समझ गये, कहने लगे, "ठीक है, जिस स्थान पर मृत्यु हो, उस स्थान पर पूजा-पाठ होना चाहिए। वह सब कुछ यहां भी होगा···"

रक्खी मौसी और भी हैरान होकर पूछने लगी, "यहां कैसे? पंकज की गैरहाजिरी में? वैसे भी मैं उसके साथ हरिद्वार चली गयी, तो पीछे यहां···" मौसी की आवाज़ कुछ घबरा गयी।

निधि महाराज उसी शान्त आवाज में बोले, "यहां सब पूजा-पाठ उसकी बहन के हाथों होगा··· मैं पंकज के साथ जाऊंगा।"

रक्खी मौसी भी तुरन्त बोल उठी, "मेरे हाथों? पर मैं तो हरिद्वार जाऊंगी, आपके साथ··· मैं बहन की अस्थियां प्रवाहित करने नहीं जाऊंगी?"

"यहां रहना भी बहुत जरूरी है···" निधि महाराज ने सिर्फ इतना कहा, और एक बार मेरी ओर देखकर, चुप हो गये।

इस वक्त रक्खी मौसी तो नहीं, मैं अवश्य कुछ समझा। लगा कि क्रिया वाले दिन पास-पड़ोस के मर्द-औरतें सभी को आना था। हो सकता है कि उस दिन जनक चाचा को लोगों के सामने कोई ऐसी बात कहनी हो जिसकी भनक निधि महाराज के कानों में पड़ गयी हो, और वह मुझे उस हालत में बचाना चाहते हों।

इतना जाहिर था कि आज सुबह-सुबह उन्हें मेरी पढ़ाई के हर्ज का अचानक ध्यान नहीं आया था। यों भी इस तरह दो-तीन दिन का ही फ़र्क पड़ता, ज्यादा नहीं।

पर मेरा कुछ कहना मुनासिब नहीं था, इसलिए मैं चुप रहा।

रक्खी मौसी ने ही कहा, "क्यों पंकू! तू क्या सोचता है? मैं तो कहती हूं—क्रिया यहीं करके जाना! दो दिन ही तो रह गये हैं···"

निधि महाराज ने कहा कुछ नहीं, सिर्फ एक बार मेरी ओर देखा।

लगा—इस वक्त उन्हें मेरे हुंकारे की ज़रूरत है।

उन्हें नहीं उनकी कही बात को।

इसलिए मैं रक्खी मौसी के पास सरक आया। बोला, "मौसी, जैसा तुम कहती हो, वह भी ठीक है, पर यहां अब मेरा मन नहीं लगता। अगर आज ही हरिद्वार चले जायें, तो मैं वहीं से सीधा होस्टल चला जाऊंगा। वहां मेरा ध्यान पढ़ाई की तरफ हो जायेगा···"

मौसी चुप हो गयी, पर कुछ निराश-सी। उसने सिर्फ इतना कहा, "पर यहां पूजा में बेटा नहीं बैठेगा तो लोग क्या कहेंगे···"

इस वक्त निधि महाराज ने बात को बड़े ढंग से खोला, "यहां जो पूजा होगी, यदि पंकज यहां नहीं होगा, तो सिर्फ पड़ोस की कुछ औरतें आयेंगी, मर्द नहीं आयेंगे। इसलिए कोई बात नहीं उठायेगा। पूजा-पाठ असल में जानेवाले के लिए होती है, उसका सम्बन्ध समाज से नहीं होता।"

रक्खी मौसी ने कुछ भेद-सा पा लिया। इसलिए नजर भरकर निधि महाराज की ओर देखने लगी। अब उसकी निराशा भी इस तरह नहीं रही।

और उसने हामी-सी भरी, "अच्छा, जैसा आप ठीक समझें।"

"पीछे पूजा-पाठ का प्रबन्ध मन्दिर की ओर से हो जायेगा" यह कह निधि महाराज जाने के लिए उठ गये। जाते हुए मुझसे सिर्फ इतना ही कहा, "गाड़ी दोपहर दो बजे जाती है, ठीक एक बजे तैयार होकर मन्दिर में आ जाना।"

निधि महाराज चले गये हैं। रक्खी मौसी भी मेरे लिए चाय बनाने चली गयी है। और मैं—अपनी बिखरी हुई चीजों को समेटने के लिए जब उठा हूं तो लग रहा है, आज दो बजे मैं निधि महाराज के साथ जैसे मुक्त बहती हुई गंगा वाले हरिद्वार नहीं, किसी अंधेरे और बन्द कमरे को खोजने जा रहा हूं···

पंद्रह

गाड़ी का सफर वैसा ही है, जैसा हर बार छुट्टियों में यूनिवर्सिटी से घर जाते हुए होता था, और छुट्टियां खत्म होने के बाद घर से यूनिवर्सिटी जाते हुए। पर वही स्टेशन, वही प्लेटफार्म, वही भीड़, और वैसी ही गाड़ी आज वैसी नहीं।

सीट के साथ वाली खूंटी पर आज लाल कपड़े में बंधी हुई, मां की अस्थियों की पोटली है, जिसने इस गाड़ी के बड़े वाकिफ सफर को, एक नावाकिफ़ यात्रा बना दिया है···

दायीं ओर निधि महाराज बैठे हैं। नावाकिफ़ यात्रा को कुछ वाकिफ़ बनाने के लिए, धीरे से कहता हूं, "आप तो कई बार हरिद्वार गये होंगे, पर मैं कभी नहीं गया। अजीब लग रहा है···"

उन्होंने कहा कुछ नहीं, सिर्फ मुस्करा दिये हैं···

गाड़ी के इस छोटे-से कूपे में ज्यादा लोग नहीं, सिर्फ छह-सात सवारियां

हैं। कभी कभी आपस में बातें भी कर लेते हैं वे, पर शायद निधि महाराज को लग रहा है कि इस वक्त कुछ बोलना, गाड़ी की बंधी हुई लय में मानो ख़लल देना होगा। इसलिए उन्होंने कहा कुछ नहीं, मेरी बात पर सिर्फ मुस्करा दिये हैं।

मैंने अपना ध्यान हरिद्वार से फिर अपनी ओर मोड़ लिया है।··· पर खूंटी से टंगी पोटली में बंधी हुई मां की अस्थियां अभी गंगा की अमानत नहीं बनीं, अभी वे मेरी यात्रा का हिस्सा हैं। इसलिए ध्यान फिर उधर चला गया है···

याद आ रहा हैं—एक बार मेरे दूध के दांत को मां ने रुई में लपेटकर मुझसे कहा था कि मैं छत पर जाकर वह छोटी-सी पुड़िया सूरज की ओर फेंक दूं, और कहूं, 'सूरज, सूरज! पुराना दांत ले जा! नया दांत दे जा!'

दांत भी तो एक हड्डी ही है। और यदि सूरज पुरानी हड्डियां लेकर नयी हड्डियां देता है—तो मैं मां की ये हड्डियां सूरज को देकर क्यों नहीं कह सकता, 'सूरज, सूरज। यह पुरानी हड्डियां ले जा! नयी हड्डियां दे जा!'

पल-भर के लिए जैसे आश्चर्य-मिश्रित विश्वास जगा—कि मां नया शरीर धारण करके फिर इसी जन्म में, इसी दुनिया में मिलेगी। वह सूरज से नया शरीर, नयी हड्डियां लेने गयी है।

यह मां कौन थी? जानता हूं—मां नहीं थी, पर उसको गंवा कर भी मैं फिर उसी को पाना चाहता हूं।

लगा—जिस तरह खून का रिश्ता होता है, उसी तरह हड्डियों का भी रिश्ता होता है···

कुछ हड्डियां हैं, पता नहीं किसकी, जो लाल कपड़े में बंधी हुई, मेरे पास, सामने एक पोटली में हैं। और कुछ हड्डियां हैं, जो मेरे शरीर के मांस में लिपटी हुई हैं··· फर्क सिर्फ कपड़े का और मांस का है, हड्डियों का फर्क नहीं···और फर्क सिर्फ़ संस्कारों का है, रिश्ते का नहीं··· ये दो तरह की हड्डियां जरूर आपस में कुछ लगती हैं···

कई लोगों के मुंह से कही-सुनी बात याद आयी—'तुम्हारी मां ने तुम्हें

हड्डियां गलाकर पाला था'—और जब कोई किसी की नर्म हड्डियों को पालने के लिए अपनी हड्डियां गलाता है, वह हड्डियों का रिश्ता ही तो होता है···

मन में आया—ख़ून के रिश्ते की जगह मैंने अभी जो हड्डियों का रिश्ता तलाश किया है, उसकी बात निधि महाराज से करूं। पर देखा—उनकी आंखें मुंदी हुई हैं किसी समाधि की अवस्था की तरह।

कहीं पढ़ा-सुना याद आया कि समाधि की अवस्था में व्यक्ति चाहे तो अपना पिछला जन्म भी देख सकता है···

जानता हूं—यह सच मेरी समझ की पकड़ में नहीं आ सकता। पर समझ की सीमा से जो कुछ परे है, उस पर अविश्वास का हक भी तो नहीं है। इसलिए चुपचाप एवं आदर से मैं निधि महाराज के शान्त और समाधि में लीन चेहरे की ओर ताकने लगा···

क़िसी की आंखें शायद किसी के ध्यान में बाधा डालती हैं। निधि महाराज ने अचानक आंखें खोलकर मेरी तरफ देखा, और हंस-से दिये, "क्या सोच रहे हो पंकज!"

स्वाभाविक ही होंठों पर वही सवाल आ गया, जो इस वक्त मन में था। पूछा, "क्या साधना से और समाधि से पिछला जन्म देखा जा सकता है?"

वह कुछ देर सामने शून्य में देखते रहे, फिर कहने लगे, "पिछले या अगले जन्म की बात तो बहुत बाद की है। अभी तो व्यक्ति की इतनी साधना भी नहीं कि वह अपने इसी जन्म के पूरे दर्शन कर सके।"

बात सहज गति से उधर मुड़ गयी, जिधर मोड़ने की मेरी हिम्मत नहीं हो रही थी। इसलिए कहा, "मैं अपने इस जन्म के पूरे दर्शन करना चाहता हूं। जनक चाचा मुझे वही दर्शन करवाना चाहता है···"

"वह कुछ नहीं जानता···"

"पर दत्तक पुत्र वाली बात उसी ने कही थी। इसलिए वह जानता है···"

"वह अधूरा सच है, इसलिए गलत है।"

"मां जानती थी?"

"हां।"

"रक्खी मौसी जानती है?"

"हां।"

"जिसे मां जानती थी, रक्खी मौसी जानती है, वह मैं क्यों नहीं जान सकता?"

निधि महाराज ने स्नेह से मेरी ओर देखा। फिर कहने लगे, "तुम्हारी मां की साधना बहुत बड़ी थी। रक्खी भी एक देवी है।"

मेरी आंखें मेरे आगे ही झुक गयीं।

निधि महाराज ने एक बार खूंटी से टंगी हुई, मां की अस्थियों वाली लाल पोटली की ओर देखा, और फिर एक बार मेरी ओर। कहने लगे, "सच के दर्शन मन की ताकत से करने होते हैं। तुम सोचते होगे कि मां ने तुम्हें क्यों नहीं कुछ बताया ··· तुम्हारी रक्खी मौसी भी तुम्हें क्यों नहीं कुछ बताती ···"

मैंने ही कहा, "शायद इसलिए कि मैं ···" आगे कुछ नहीं कहा गया। लगा—इतने बरस पार करके भी शायद मेरे मन की ताकत छोटी है ···

कुछ देर बाद सिर्फ इतना कह सका, "कभी जान सकूंगा?"

"हां! जब चाहो ···" निधि महाराज शायद यह वचन देकर अपनी दुविधा से मुक्त हो गये थे, पर मैं अपने-आप को पहली बार एक अजीब दुविधा में पड़ा देख रहा हूं, जहां मेरा एक पैर मन की हिम्मत पर रखा हुआ है, और एक घबराहट की कांपती हुई ज़मीन पर ···

गाड़ी की खिड़की से सामने प्रत्यक्ष दिख रहा था कि गाड़ी की रफ्तार एक

लम्बे रास्ते को बहुत जल्दी-जल्दी पीछे की तरफ धकेल रही है। शायद वक्त की रफ्तार के साथ उसकी कोई साज़िश है, वह बहुत जल्दी-जल्दी मुझे कहीं आगे की ओर धकेल रही है···

आगे कहां? नहीं जानता···

अचानक कुछ इंजन के कोयले की तरह आंखों में पड़ गया—कि इस गाड़ी की वक्त की रफ्तार मुझे अभी, बहुत जल्दी, एक त्रिक स्थान में फेंक देगी···

कृष्णन शास्त्री की कही हुई बात याद आयी, "तुम्हारी पिताभाव का स्वामी त्रिक भवन में पड़ा है···"

मेरे पूछने पर उन्होंने कहा था, "षष्ट, अष्टम और द्वादशेश, यह तीनों नेष्ट स्थान होते हैं—शत्रु और मृत्यु के स्थान···"

उन दिन भी लगा था, और अब भी लगा कि इस विद्या के ज्ञाताओं ने जिन स्थानों को नेष्ट बताया है, उन्हीं स्थानों को भवन कहकर, मेरे जैसे बेचारे लोगों की कैसी हंसी उड़ायी है!

आज—पता नहीं मैं शत्रु भवन में जा रहा हूं कि मृत्यु भवन में!

निधि महाराज सब कुछ बता देंगे, जिस वक्त मुझमें सुनने की हिम्मत होगी। और अगर मैंने सुना कि मुझे जन्म देने वाले मेरे मां-बाप ज़िन्दा नहीं हैं तो मैं हमेशा के लिए एक मृत्यु भवन में पड़ जाऊंगा। और अगर सुना कि वह ज़िन्दा हैं तो एक अजीब तरह के शत्रु भवन में उम्र-भर बैठा रहूंगा···

दोनों तरह के भवनों से घबराकर मैंने निधि महाराज की ओर देखा, तो वह पूछने लगे, "क्या सोच रहे हो पंकज?"

पूछना चाहता था कि अपनी ज़िन्दगी का दर्शन करने के लिए मुझे शत्रु भवन में जाना पड़ेगा कि मृत्यु भवन में? पर दोनों पैरों के तले हिम्मत की जमीन नहीं थी। मैंने घबराहट की कांपती हुई ज़मीन पर से एक पैर उठाते हुए और फिर वहीं रखते हुए, सिर्फ इतना पूछा, "क्या हरेक की जन्म-कुण्डली में त्रिक भवन होते हैं?"

निधि महाराज सिर्फ मुस्कुराये नहीं, हंस भी दिये। पूछने लगे, "यह त्रिक भवन किससे सुन लिये? शास्त्री जी से?"

मैंने सिर हिलाकर हामी भरी। पता था कि उन्होंने शास्त्री जी से कहा था: 'पंकज को इस चक्कर में मत डालो!' पर वह जानते थे कि मैंने शास्त्री जी से कुछ पूछना-जानना चाहा था।

कहने लगे, "फिर शास्त्री जी ने बताया नहीं था कि वह क्या होते हैं?"

मैंने कहा, "बताया था कि वे शत्रु स्थान और मृत्यु स्थान होते हैं, पर मैंने यह नहीं पूछा कि वे हरेक की कुण्डली में होते हैं कि नहीं?"

निधि महाराज के मुंह से पहला लफ़्ज़ निकला—पगला!

फिर वह समझाने लगे, "ये त्रिक स्थान हर कुण्डली का हिस्सा होते हैं। ये अगर न होते तो किसी कुण्डली का कोई अर्थ न होता!"

मुझे अजीब-सी हंसी आ गयी। पूछा, "क्या लोगों की मौत और दुश्मनी ही ज़िन्दगी में अर्थ भरती है?"

वे हमेशा गम्भीर रहते हैं, पर इस वक्त और गम्भीर हो गये, और कहने लगे, "शब्द हमेशा छोटे हैं, पर उनके अर्थ बहुत बड़े होते हैं। अर्थों को जानने के लिए ज़िन्दगी का ज्ञान चाहिए। देखो! कुण्डली का अर्थ है—समय की नियत की हुई गति को बारह हिस्सों में बांटना। यह वैज्ञानिक तथ्य है। इसीलिए तो हर कुण्डली में बारह घर होते हैं, समय के बारह हिस्से।"

जल्दी से पूछा, "पर बारह घरों में तीन घर त्रिक स्थान क्यों होते हैं?"

वे सहज आवाज में बोले, "अगर तुम्हें पढ़ाई में इतने बरस न लगाने पड़े, कोई यूनिवर्सिटी तुम्हें यों ही एक डिग्री थमा दे, तो तुम्हें कैसा लगेगा?"

इस सवाल का मेरे सवाल के साथ क्या सम्बन्ध है मैं नहीं समझा। इसलिए कहा, "पर पढ़ाई से इल्म का सम्बन्ध है, इल्म का सम्बन्ध सिर्फ डिग्री से नहीं हो सकता।"

कहने लगे, उसी तरह ज्ञान का सम्बन्ध अनुभव के साथ है। ज्ञान का सम्बन्ध सिर्फ ज़िन्दगी के साथ नहीं होता। ज़िन्दगी तो उसी समय मिल जाती है, जब एक शिशु जन्म लेता है। पर ज्ञान अनुभव से मिलता है। यह त्रिक स्थान अनुभव के स्थान होते हैं···"

मेरे चेहरे पर शायद एक खालीपन था। वे कहने लगे, "पहला घर जन्म का होता है, नख-शिख, रूप-रंग और सूरत-सीरत का। यह मनुष्य का छोटा-सा 'मैं' होता है। सिर्फ यह कि मैं हूं। दूसरा घर उसके पलने से सम्बन्धित होता है, दूध की कटोरी के साथ और रोटी के टुकड़े के साथ। उस वक्त उसकी यही दो जरूरतें होती हैं। फिर वह कुछ बड़ा हो जाता है, खेलने लगता है, तीसरा घर बहन-भाइयों का होता है, छोटे-छोटे मित्रों का। चौथा घर मां का होता है। रक्षा का, इसलिए उसे सुख-स्थान कहते हैं। पांचवां विद्या का भी होता है, प्रेम का भी। ये दोनों चीजें उसके बड़े खेलों जैसी होती हैं···"

"और छठा? जिसे त्रिक स्थान कहते हैं?"

"यह उस बालक के और बड़े हो जाने का चिह्न है। अभी तक उसे जन्म से लेकर पलने और पढ़ने का सुख दूसरों से मिलता आया था। अब उसका वास्ता दूसरों से पड़ेगा, गैरों से, दुनिया से। अभी तक वह एक था, अकेला था। अब दूसरों को उसमें जमा होना है। इस जमा में हर तरह के लोग होंगे। उसका वास्ता अच्छे लोगों से भी पड़ेगा, बुरे लोगों से भी। उनमें से कई उसके मित्र बनेंगे, कई शत्रु। यही संघर्ष उसे एक कमज़ोर बालक से एक ताकतवर मर्द बनाता है। एक अनजान इन्सान से एक समझदार इन्सान। यही अनुभव है, जिसमें से उसे गुजरना है··· उसे रोटी कमाना सीखना है, इसलिए सीखते समय वह कई बार धन गंवायेगा। कई बार कर्जदार भी होगा। इसलिए इस स्थान को सिर्फ शत्रु का नहीं, कर्ज का स्थान भी कहते हैं। सो यही स्थान इन्सान के संघर्ष का स्थान है। यत्न का, जिसमें से गुजरे बगैर वह शक्तिशाली इन्सान नहीं बन सकता। संघर्षहीन आदमी का ज़िन्दगी के साथ कोई वास्ता नहीं होता। इसलिए मैंने कहा था कि अगर ये स्थान कुण्डली में न होते, तो कुण्डली का कोई अर्थ न होता··· मैं इस स्थान को कर्म-योग का स्थान मानता हूं।"

बहुत कुछ समझा। इसलिए कहा, "फिर तो अस्सी बरस का आदमी भी कमज़ोर और बेचारा-सा बालबुद्धि आदमी रह जाता···"

वे बताने लगे, "सो इस तरह संघर्षशील अवस्था के बाद सातवीं अवस्था आती है—एक पूर्ण हो चुके मर्द के लिए पूर्ण हो चुकी औरत से मिलने की। घर-बार बसाने की। मिलकर जीने की और संसार चलाने की। इसलिए सातवें घर को विवाह-स्थान कहते हैं।"

मैंने कहा, "पर फिर आठवां स्थान त्रिक स्थान क्यों हो जाता है?"

निधि महाराज हंस दिए। कहने लगे, "त्रिक स्थानों से डरने की जरूरत नहीं। निजी सुखों की तृप्ति के बाद इन्सान ज़िन्दगी के अर्थ खोजना चाहता है। आठवां स्थान खोज का होता है, ज़मीन-दोज़ वस्तुओं का। उन धातुओं और अर्थों को खोजने का, जो बाहर से कहीं नहीं दिखते। मौत भी दिखती नहीं, इसलिए वह भी ज़मीनदोज़ वस्तुओं जैसी होती है—रहस्यमय अर्थों वाली। इसीलिए साधारण लोग मौत से भी घबराते हैं, खोज से भी यह अवचेतना की शक्तियों का स्थान होता है, इसलिए मैं इसे ज्ञान-योग का स्थान मानता हूं।"

मैंने मन्त्र-शक्ति कभी देखी नहीं थीं, सिर्फ उसकी बात सुनी थी। इस घड़ी लगा—निधि महाराज के मुंह से निकला हर लफ्ज़ मुझे एक मन्त्र की तरह बांध रहा है। इतना—कि अभी कुछ देर पहले मैं किसी त्रिक स्थान में पड़ने से घबरा रहा था, अब बेसब्री से उसका इन्तज़ार कर रहा हूं···

ज़िन्दगी में पहली बार किसी भी तरह के भय से मुक्त होने का एहसास हुआ है···

आगे कुछ भी पूछने की जरूरत महसूस नहीं हो रही···

वैसे सुन रहा हूं, निधि महाराज कह रहे हैं··· फिर नौवीं अवस्था आ जाती है, जब आत्मा का धर्म जागता है। इसलिए नौवें स्थान को धर्म-स्थान कहते है। दसवां कर्म का स्थान होता है, ग्यारहवां लाभ का, और आखिरी बारहवां मोक्ष का। इस तन-मन और धन के खर्च हो जाने का स्थान होता है। पर यही तो मुक्ति का स्थान है··· एक बूंद के अपार सागर में लीन हो जाने का स्थान। इसलिए मैं इसे भक्ति योग का स्थान मानता हूं।"

शायद कोई स्टेशन बहुत नज़दीक आ गया है, गाड़ी की रफ्तार बहुत धीमी

हो गयी है। हमारे डिब्बे में से भी दो सवारियां उठकर अपने उतारे हुए कोट पहन रही हैं, शायद उन्हें उस स्टेशन पर उतरना है।

अभी बेशुमार आवाज़ों से इस डिब्बे का दरवाजा भी भर जाएगा, खिड़कियां भी। पर लग रहा है—मैं उस बेपनाह शोर में भी इसी तरह स्थिर रह पाऊंगा।

शायद ज़िन्दगी के आनेवाले हर शोर में भी स्थिर।

और शायद अपने ख़यालों में से उठने वाले शोर में भी···

और लग रहा है—जिन शास्त्रियों ने एक ही स्थान को एक ही सांस में नेष्ट भी कहा है और भवन भी, उन्होंने बहुत ठीक कहा है। संघर्ष के अर्थ सचमुच नेष्ट से लेकर भवन तक फैले हुए होते हैं···

कर्मयोग, ज्ञानयोग और भक्तियोग के भवन···

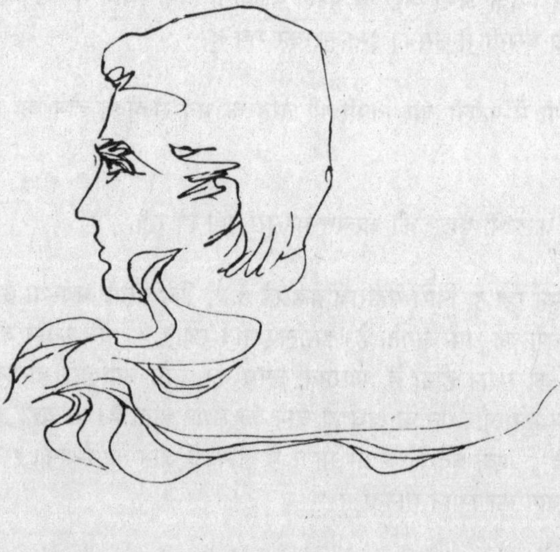

सोलह

गंगा के किनारे खड़े होकर मैं बहुत देर तक गंगा के पानी को अजनबी आंखों से देखता रहा।

नजर कब अजनबी नहीं रही, पता नहीं…

सिर्फ उस वक्त एहसास हुआ, जब आंखें एक पहचान से चौंक उठीं…

जेहन में से तर्क शक्ति भी हिली कि कल रात के अंधेरे में जब गाड़ी से उतरकर, हरिद्वार की धरती पर पांव रखा था, तो निधि महाराज ने स्टेशन से ऋषि आश्रम वाले रास्ते में पूछा था, "कोई पहचान आयी पंकज?"

मैंने कहा था, " मेरे लिए सभी राहें अजनबी हैं, शायद यह जन्म भी अजनबी है, किसी चीज की कोई पहचान नहीं।"

वे हंस दिये थे। मेरा सब्र जो आज़मा रहे थे वे।

वे मेरे जन्म का रहस्य जानते हैं, बताने का वचन भी दे चुके हैं, पर चुप हैं।

यह मेरी प्रश्न-शक्ति की परीक्षा है···

इसी परीक्षा की तपिश मेरे सारे जिस्म से छू गयी, जब उन्होंने तांगे का साथ-साथ हिचकोले खाती हुई उस लाल पोटली की ओर देखा, जो तांगे की पट्टी से कसकर बंधी हुई थी। और फिर उत्तर के एक अंश से, प्रश्न-शक्ति को जुंबिश दी, कहा, "तुम्हारा जन्म इसी धरती पर हुआ था।"

प्रश्न और सुलग उठा। पर लगा कि उसकी आग की तपिश मुझे अभी और सहनी है, इसलिए घड़ी-भर आंखें मूंदकर उस तपिश को तब तक सहता रहा, जब तक वह सहनशक्ति का हिस्सा नहीं बन गयी।

लगा कि होंठों को कुछ कहने के लिए और कानों को कुछ सुनने के लिए वक्त का इन्तज़ार करना होगा···

वक्त की गुफा भी अजीब गुफा होती है। जब अनुमान होता है कि गुफा बहुत लम्बी है, तो उसकी लम्बाई योजनों का रूप धारण कर लेती है, और वह इन्सान के हर कदम पर जोर से हंसती है। पर जब मालूम होता है कि गुफा का द्वार बहुत पास आ गया है, तो बाकी रास्ता, इन्सान के एक भी कदम से घबराता है···

इस वक्त चेतन मन में वही हर्फ गूंजने लगे—'तुम्हारा जन्म इसी धरती पर हुआ था'··· और उसी ने यह तर्क सामने रखा कि अजनबी आंखों में अगर गंगा के पानी की कोई पहचान आयी है तो आंखें हैरान क्यों हैं···

और सामने बह रही गंगा का सम्बन्ध मेरे चेतन मन ने उस पाताल गंगा से जोड़ दिया, जो मां की मौत वाले दिन धरती पर आकर मेरे पैरों के आगे बहने लगी थी···

और लगा था कि मेरी उम्र के पूरे चौबीस बरस, मेरे सामने एक-एक करके उस गंगा में बह रहे थे।

वह दिन भी याद आया—जब कृष्णन शास्त्री गीता की जन्म-पत्री देखकर कह गए थे कि उसने ज़रूर किसी नदी में डूबकर आत्महत्या की थी··· और उस रात बुख़ार की बेसुधी में मैंने पाताल गंगा में पड़ रहे एक भंवर में से उठती हुई आवाज़ सुनी थी, जो मेरा नाम लेकर मुझे पुकार रही थी···

मैंने गंगा की ओर से ध्यान हटाकर किनारे की एक सीढ़ी पर शान्त और स्थिर बैठे हुए निधि महाराज की ओर देखा। फिर नजदीक जाकर उनके पास, उनकी सीढ़ी से निचली सीढ़ी पर बैठ गया···

उन्होंने कहा कुछ नहीं, सिर्फ स्नेह से देखा।

मैंने ही कहा, "कल रात को मैं अपनी जन्म-भूमि नहीं पहचान पाया, अब, इस वक्त, इस पानी को पहचान रहा हूं···"

वह कुछ गौर से मेरी ओर देखते रहे। उन्होंने कुछ बताने के बजाय सिर्फ पूछा, "किस तरह?"

मैंने कहा, "मां की मौत वाले दिन मैंने गंगा-दर्शन किया था···"

"गंगा का यही रूप देखा था?"

"नहीं, इस गंगा को नहीं मैंने पाताल गंगा को देखा था और लगा था कि मेरी उम्र के सभी बरस, एक-एक करके उसमें बह रहे हैं···"

"वह पानी गंगा का नहीं, मन की उदासी का प्रतीक था···"

"पर एक दिन मैंने पानी की एक भंवर में से उठती एक आवाज़ भी सुनी थी, जो मेरा नाम लेकर मुझे बुला रही थी···"

"किसकी आवाज़?"

लगा—इस सवाल पर निधि महाराज हमेशा की तरह शान्त और स्थिर नहीं रहे। बताया, "पता नहीं किसकी आवाज़ थी, पानी के भंवर में डूबती हुई···

देखा—निधि महाराज एकटक गंगा की लहरों की ओर देख रहे हैं।

बताया, "फिर उसी भंवर में से एक बांह बाहर निकली थी, मेरी ओर बढ़ी थी, पता नहीं मेरा हाथ पकड़कर मुझे भी भंवर में डुबोने के लिए, या मेरी बांह थामकर भंवर में से निकलने के लिए ... "

देखा—निधि महाराज की आंखें मुंदी हुई हैं। उनके होंठों में से धीरे से बाहर की ओर सरकते हुए शब्द सुने—'ऊँ नमः शिवाय' ...

उनके होंठों में से निकलती हुई धीमी-सी आवाज़, पर बहते हुए पानी से भीगी हुई, पता नहीं कितनी देर तक मुझ पर बरसती रही ...

एक बार जब उन्होंने आंखें खोलकर मेरी ओर नज़र की, तो मैं बता सका, "उस दिन पानी में से डूबता-उतराता एक चेहरा भी सामने आया था, पर पहचान नहीं पाया ... "

अचानक उन्होंने पूछा, "उस बांह के अर्थ जाने?"

"नहीं। पर दो ही अर्थ हो सकते हैं—एक मेरा हाथ पकड़कर मुझे भंवर में खींचने का, और दूसरा मेरे हाथ का सहारा लेकर भंवर में से निकलने का।"

"दोनों सच हैं ..." निधि महाराज ने कहा और चुप हो गये।

मेरी प्रश्न-शक्ति शायद अभी भी पूर्ण शक्ति नहीं थी, इसलिए कुछ नहीं बोल सका। पर खयालों में से एक भंवर ज़रूर उठी कि यह दोनों अर्थ निधि महाराज के लिए किस तरह सच हैं? ...

निधि महाराज की आवाज़ मेरे कानों से लेकर सामने बहते हुए पानी पर भी तैरने लगी—"देखो पंकज! मैं वेद व्यास नहीं हूं। महाभारत के युद्ध के बाद जब धृतराष्ट्र ने आखिरी इच्छा प्रकट की कि वह अपने मरे हुए बेटों के एक बार दर्शन करना चाहता है, जो वे व्यास ने उसी गंगा के किनारे पर आकर उसे सभी के दर्शन करा दिए थे। मैं तुम्हें तुम्हारी मां का दर्शन नहीं करा सकता, पर वह इसी पानी की लहरों में समायी हुई हैं ... "

इस वक्त कुछ प्रश्न-शक्ति आयी। पूछा, "पर पानी में से बाहर निकलती हुई बांह के दोनों अर्थ किस तरह सच हैं?"

निधि महाराज की आवाज़ गंगा की लहरों की तरह शीतल और कोमल हो गयी। कहने लगे, "क्योंकि एक भंवर में पड़ी हुई तुम्हारी मां तुम्हारा हाथ पकड़कर उस भंवर में से निकलना भी चाहती थी, और तुम्हारा हाथ पकड़कर वह भंवर में समाना भी चाहती थी···"

पूछ पाया, "निकलने का अर्थ समझ में आता है, पर समाने के अर्थ नहीं समझ पा रहा हूं।"

वे मुस्करा दिये, "वह अर्थ किसी की समझ में नहीं आता। जिसमें भी प्राण होते हैं, उसे समझ में नहीं आते। वह अर्थ सिर्फ प्राणहीन समाज की समझ में आता है।"

देखा—मुझमें सहन-शक्ति आ रही है, इसलिए प्रश्न-शक्ति भी बनी हुई है। पूछा, "पर फिर उसने मेरा हाथ पकड़कर मुझे अपने पास, अपने साथ, उस भंवर में क्यों नहीं रख लिया था?"

वह पानी की तरह सहज बहती हुई आवाज में कहने लगे, "उसने रखना चाहा था। जब तुम पेट में थे, वह इन्हीं सीढ़ियों से नीचे जाकर, उसी पानी की गोद में उतर गयी थी···"

पानी से बाहर किनारे की एक सीढ़ी पर बैठकर भी मैंने अपने सारे बदन में पानी का स्पर्श महसूस किया—बहुत ठण्डा, नर्म और गर्म भी···

यह गरमाहट शायद मां के पेट की थी···

पानी पैरों की ओर से ऊपर को चढ़ता हुआ शायद आंखों में भर आया। देखा—मेरी दोनों आंखें पानी से भरी हुई हैं···

पूछ पाया, "फिर?"

वे कहने लगे, "पहर रात बाकी थी। गंगा-स्नान का पुण्य कमाने वाले

अपने-अपने घरों में सोये हुए थे। पर एक बावरा संन्यासी था, शायद किसी मन्त्र की साधना कर रहा था, उसकी नजर एक डूबती हुई औरत पर पड़ी तो उसने अपने जतन से उसे बचा लिया था··· सो तुम्हें भी···"

अचानक मेरा हाथ उम्मीद के एक किनारे से छू गया। पूछा, "सो मेरी मां ज़िन्दा है?"

"नहीं"—निधि महाराज ने कहा तो हाथ किनारे से छूटकर फिर पानी की लहरों के हवाले हो गया। मैं और कोई प्रश्न नहीं कर सका।

वे ही कहने लगे, "उसके बाद उस पर बहुत निगरानी रखी गयी। तुम्हारा जन्म हुआ। तुम्हारा मुंह देखकर वह खुश नजर आती थी। लगता था कि अब वह मरना नहीं चाहेगी। इसलिए निगरानी में ढील हो गयी। तुम बहुत छोटे थे, जब वह दूसरी बार इस गंगा की शरण में आयी, और उसमें समा गयी···"

अचानक—मेरे माथे की एक नस टूटकर बोली, "वह गीता थी?"

निधि महाराज जिस सीढ़ी पर बैठे हुए थे, लगा—वह सीढ़ी कुछ हिल गयी है। कहने लगे, "हां बेटा! वह गीता थी··· पर कैसे जाना?"

मैंने जाना नहीं था, सिर्फ कृष्णन शास्त्री की कही हुई गीता के पानी में डूबकर आत्महत्या करने की बात को, इस बात से जोड़ लिया था। इसलिए जैसे जोड़ लिया था, निधि महाराज को बता दिया।

सो—मां, मेरी नहीं, गीता क़ी मां थी··· और मैं, उसकी गीता की निशानी···

प्रश्न इस रिश्ते को खोजकर भी अभी प्रश्न था, इसलिए वही सारे-का-सारा आंखों में डालकर मैं निधि महाराज की ओर देखने लगा।

"पिता के बारे में जानना चाहोगे?" निधि महाराज ने खुद ही पूछा, और कहने लगे, "वह है। तब भी था, जब गीता ने प्राण दिये। यही कह सकता हूं कि उसे प्राणों की पहचान नहीं थी···"

बहुत कुछ पकड़ में नहीं आया, जितना-भर आया, उस के बल पर पूछा, "मैं कुंवारी मां का बेटा हूं?"

निधि महाराज ने मेरे सवाल की हामी भरी, पर इन लफ़्ज़ों में 'गीता मन से भी कुंवारी थी, तन से भी।'

और वह गंगा के पानी की ओर देखते हुए कहने लगे, "जल और मिट्टी में यही फर्क होता है कि जल में किसी का पुण्य भी बह जाता है, पाप भी। पर मिट्टी में सब कुछ ठहर जाता है, और फिर मिट्टी में से उग आता है। मिट्टी के शरीर को किसी का पुण्य भी ढोना पड़ता है, पाप भी, गीता को यही ढोना पड़ा था।"

अपने-आपके साथ एक ग्लानि का अहसास हुआ, कहा, "सो मैं पाप का बीच हूं···"

निधि महाराज के माथे पर हल्का-सा बल पड़ा, त्योरी नहीं थी, पर वह बल भी त्योरी जैसा था। कहने लगे, "बीज रचना-शक्ति होती है। रचना-शक्ति कभी पाप नहीं होती। जो पाप है, वह शक्ति का उद्देश्य हो सकता है। वह उद्देश्य न गीता का था, न उसके बच्चे का, इसलिए पाप का सम्बन्ध उनसे नहीं है···"

समझ गया कि इशारा उस आदमी की ओर है, जो मेरा पिता होकर भी पिता नहीं बना।

निधि महाराज ने अपनी बात को और विस्तार दिया, "पंकज! ठीक यही स्थान है, जहां खड़े होकर समाज का असली दर्शन होता है। और हम देख सकते हैं कि सच का वास्ता उसके कर्म के साथ नहीं होता, मजबूरी के साथ होता है। आदमी सच बोलता है, सिर्फ तब, जब किसी भी ओर से उसे नहीं छुपा सकता। जब तक छुपा सकता है, तब तक वह सच की ज़रूरत नहीं समझता। तुम्हारे पिता के पास दौलत थी, हैसियत थी, इसलिए उसके सच का वास्ता किसी भी मजबूरी के साथ नहीं था···"

"कौन था?" यह सवाल मेरे माथे में से निकलकर मेरे होंठों पर बैठ गया, तो निधि महाराज ने कहा, "गीता की एक सहेली का भाई। सम्बन्ध मोहब्बत का नहीं था, इसलिए कर्म का सम्बन्ध गीता के साथ नहीं था। कर्म का सम्बन्ध जिसके

साथ था, वह उस समाज का अंग था, जिसके लिए सच का सम्बन्ध कभी भी कर्म के साथ नहीं होता। यह कर्म गीता के साथ ज़बर्दस्ती हुआ था···"

"मां को पता लगा?"

"तब तक गीता के शरीर की मिट्टी में से तुम्हारे आसार दिखायी देने लगे। ऐसी हालत में हमारा समाज औरत के लिए सिर्फ मौत वाला एक दरवाजा खुला रखता है, बाकी सारे दरवाजे बन्द कर देता है··· गीता भी उसी राह की ओर जा रही थी, जब उसकी मां उसे लेकर यहां हरिद्वार आयी थी···"

भंवर सिर्फ दरियाओं में नहीं पड़ते, इन्सान के माथे में भी पड़ते हैं, छाती में भी। कितने ही खयाल डूबते-उतारते रहे—'जिस समाज ने गीता के लिए सारे दरवाजे बन्द कर दिये थे, उसकी मौत के बाद, मां उसके बच्चे को उठाकर, फिर उसी समाज में दाखिल होने के लिए कौन-से दरवाजे में से गुजरी होगी?··· क्या समाज ने गीता की मौत का और एक शिशु के जन्म का, कोई सम्बन्ध कभी नहीं जोड़ा होगा?··· और जिस मर्द ने अपने कर्म का सच अपनी दौलत की तह में दबा दिया था, उसका वह सच कभी उसकी छाती में नहीं रोया होगा?"

गंगा-दर्शन से वापस ऋषि आश्रम की ओर आते हुए रास्ते में निधि महाराज ने बताया, "इसी ऋषि आश्रम में तुम्हारा जन्म हुआ था। आश्रम के मुखिया कृपानिधि अब नहीं रहे पर तुम्हारे जन्म पर उनके मुंह से जो आशीर्वाद निकला था, वह हमेशा तुम्हारे साथ रहा है···"

इस वक्त गीता के नाम की कसक माथे में उठी। कहा, "काश, वे गीता को भी जीने का आशीर्वाद दे देते···" आगे बोला नहीं गया।

यह शायद चौबीस बरसों से रुकी हुई मेरी रुलायी थी···

निधि महाराज ने मेरी पीठ पर हाथ रखा, धीरे से कहा, "फिर आज तुम पंकज महाराज होते, इस आश्रम के संन्यासी। गीता की मां ने यही सोचा था कि बच्चे को आश्रम की शरण में देकर, वह गीता को वापस घर ले जाएगी। उसने पास-पड़ोस में यही बता रखा था कि गीता का बुखार शहर के डॉक्टरों से नहीं उतर रहा, इसलिए वह गीता के इलाज के लिए उसे किसी संन्यासी के पास ले जा रही है···"

पूछा, "पर जो सच था, वह आश्रम के मुखिया कृपानिधि जी को ज़रूर बताया होगा?"

निधि महाराज हंस दिये, "नहीं। क्योंकि दुनियादारों के सच या झूठ से सिर्फ दुनियादारी का वास्ता होता है। वह कृपानिधि जैसे महात्मा के लिए व्यर्थ था। उनके लिए अर्थ सिर्फ इतना था कि संसार से दुःखी एक आत्मा को आश्रम के सहारे की जरूरत है। उन्होंने कभी कुछ नहीं पूछा। गीता की मां ने जब तुम्हें उनके चरणों पर रख दिया था, उन्होंने तुम्हें स्वीकार कर लिया था। और, आश्रम की एक दासी को तुम्हारे पालन-पोषण का दायित्व सौंप दिया था···"

सो जाना—कि संसार से त्यागी होने का मेरा संयोग नहीं था। संन्यास आश्रम में पैर रखकर भी मैं फिर दुनिया की राह पर चल दिया···

उस दुनिया की राह पर, जहां मेरी ज़िन्दगी का सच हमेशा छुपाकर रखा जाएगा···

निधि महाराज कहने लगे, "पर गीता नहीं रही, तो वापस जाकर मां को तुम्हारा वियोग सताने लगा। वह गीता की निशानी में से गीता को देखना चाहती थी। इसलिए रक्खी-बीबी ने मदद की। वही कुछ महीनों बाद आकर तुम्हें ले गयी थी। गली-मोहल्ले में उसने कह दिया था कि एक गरीब विधवा की मौत के बाद इस बच्चे को पालने वाला कोई नहीं था, इसलिए वह बच्चे को अपने पास ले आयी है। बाद में यह भी कि गीता की मौत के बाद उसकी मां का कोई आसरा नहीं रहा, इसलिए उसने बच्चे को गोद ले लिया है···"

दुनिया को बहलाने के लिए—मेरे जन्म की कहानी क्या-क्या मोड़ खाती रही, मैं चुपचाप सुनता रहा···

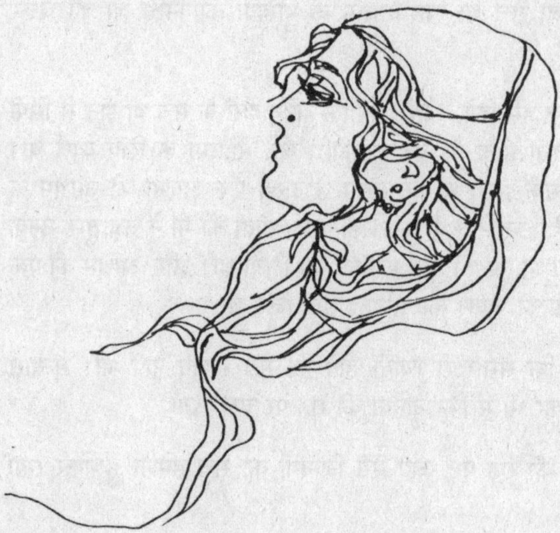

सत्रह

कल मां की अस्थियां गंगा में प्रवाहित करनी हैं—उसी गंगा में, जहां गीता ने अपने-आप को प्रवाहित कर दिया था···

यह मां लफ़्ज़ कभी गीता के साथ नहीं जोड़ा था, इसलिए अब भी होंठों से जुड़ता नहीं···

शायद गीता ने भी जोड़कर नहीं देखा था, इसलिए चुपचाप मुझे चारपाई पर सोया हुआ छोड़, दूर चली गई··· बहुत दूर···

आश्रम पहुंचकर जिस वक्त आश्रम में रोटी खायी, उस वक्त आश्रम की दासी, एक युवती को देखकर निधि महाराज ने पूछा था, "यहां आश्रम की सेवा में एक महालक्ष्मी हुआ करती थी, जिसे कृपानिधि जी अन्नपूर्णा कहा करते थे, वह अब आश्रम में नहीं है?" तब उस स्त्री ने कहा था, "वह मेरी मां है, महाराज! अभी जीवित है, पर उसे कानों से सुनायी नहीं देता। बहुत ऊंचा सुनती है। आंखों से भी बहुत कम दिखता है, इसलिए कभी आश्रम के दर्शन के लिए आ जाती है, पर अब सेवा नहीं कर सकती···"

उस वक्त मेरी ओर इशारा करके निधि महाराज ने कहा था, "अच्छा! अन्नपूर्णा से कहना कि पंकज आया है। उसे पंकज का नाम ज़रूर याद होगा···"

और वह मुझे बताने लगे कि जब रक्खी बीबी तुम्हें लेकर गयी थी, वह अन्नपूर्णा बहुत रोयी थी। उसीने तुम्हें छह महीने पाला था। तुम्हारे साथ मोह पाल बैठी थी···"

मोह के तार पता नहीं कहां-कहां जुड़े हुए हैं···

आज या कल अन्नपूर्णा को भी देख सकूंगा, और अभी कृपानिधि जी को भी देखा था—मूर्ति-दर्शन के द्वारा।

आश्रम पहुंचते ही निधि महाराज उनकी मूर्ति के सामने ले गये थे। बताया था, "यह मेरा नाम उनका आशीर्वाद है। उनकी सेवा में था जब एक दिन प्रसन्न होकर उन्होंने कहा था, 'यह बालक मेरी निधि है'—और उसी दिन से मेरा नाम निधि हो गया था···"

मुझे अपने नाम का पहले कभी ख़याल नहीं आया था कि मेरा नाम किसने रखा था, इस वक्त आया। पूछा, "जब मां ने मुझे उनके चरणों में चढ़ाया था, उन्होंने मुझे क्या आशीर्वाद दिया था? क्या यह मेरा नाम उनका आशीर्वाद है?"

निधि महाराज कृपानिधि जी की मूर्ति की ओर देखते हुए कहने लगे, "वह नहीं जानते थे कि संसार ने किस तरह का कीचड़ गीता के पैरों तले रखा हुआ है। पर दु:ख को पहचानते थे। तुम्हें देखकर सहज ही बोल उठे थे, 'यह पंकज है। दुनिया में रहकर भी दुनिया से निर्लिप्त रहेगा···'"

यही, पता नहीं कैसी खाली और कैसी भरी हुई मन की हालत थी, जिस वक्त निधि महाराज आश्रम के नये मुखिया श्रीनाथ जी के पास बैठकर ज्ञान-चर्चा करने लगे, और मैं उस कोठरी में चला गया, जो कल रात सोने के लिए मिली थी।

किसी से पूछा नहीं, पर लगा, ज़रूर यही कोठरी थी, जिसमें मेरा जन्म हुआ था···

कोठरी का दरवाजा भिड़ा लिया। एक ओर खिड़की भी है, जो आश्रम की बाड़ी की ओर खुलती है, पर उस हरियाली की ओर से भी खिड़की भिड़ा दी तो एहसास हुआ कि मैं कोठरी के अंधेरे के द्वारा कोख के अंधेरे का अनुभव कर रहा हूं···

तेज नींद का एहसास हुआ। पर चारपाई पर लेटते हुए, पता नहीं सो रहा था कि जाग रहा था, जिस वक्त लगा, गीता मुझे कोख में डालकर जब गंगा की लहरों में मरने के लिए गयी थी, सिर्फ इसलिए नहीं मर सकीं कि मैं ही उसके होंठों की असली चीख़ था···

नहीं जानता, होंठों की चीख गले से उतरकर कब किसी के पेट में गर्क हो जाती है, पर यह जाना कि इन्सान मर सकता है, उसकी चीख़ कभी नहीं मरती···

और मैं उस आदमी के चेहरे की कल्पना करता रहा, जिसने किसी बन्द कमरे में गीता की पहली चीख़ सुनी थी···

तर्क-शक्ति—सपने में भी सोती नहीं, वह तड़पकर कहने लगी, और वह चीख उस मर्द के उस बीज ने भी सुनी होगी, जो गीता के शरीर की धरती में बोया गया···

सिर से लेकर पांव तक एक कम्पन-सा हुआ, जिसने अर्धनिद्रा अवस्था में से मुझे झकझोरकर जगा दिया। मेरा तर्क अभी भी कह रहा था, और ज्यों-ज्यों वह बीज पनपता रहा होगा, उसमें मिली हुई वह चीख़ भी बड़ी होती गई होगी···

और आज उस पहली चीख़ सुनने वाले को भी पता नहीं कि वह चीख़ चौबीस बरस की भर—जवान हो चुकी है।

चौंककर सुना कि कोई कोठरी का दरवाजा खटखटा रहा है। सोती-जागती हालत में मैं पता नहीं कितनी देर तक रहा था, दरवाजा खोला तो देखा—निधि महाराज खड़े हैं। कह रहे हैं, "बहुत गहरी नींद में सो रहे थे? बहुत देर से दरवाज़ा खटखटा रहे हैं। देखो! तुम्हारा नाम सुनकर तुम्हारी अन्नपूर्णा आयी है···"

एक बहुत वृद्धा स्त्री के हाथ दरवाज़े को और दीवार को टटोलते हुए आगे बढ़े, "कहां है मेरा पंकज···"

मैंने झुककर उसके पांव छुए, फिर हाथ का सहारा देकर भीतर चारपाई पर बिठाया।

कमरे की खिड़की खोलकर, निधि महाराज के बैठने के लिए लकड़ी की उस चौकी को खाली किया, जिसपर मैंने अपना सूटकेस रखा हुआ था। और खुद अन्नपूर्णा के पास होते हुए कहा, "इस पंकज को किसी ने इतना याद रखा है, मुझे पता नहीं था···"

पर लगा—मेरा कुछ कहना या न कहना एक समान है। अन्नपूर्णा को कुछ भी सुनायी नहीं दे रहा था। वह आंखों से शायद एक परछाई-सी ही देख सकती थी, इसलिए मेरा सिर और कन्धे टटोलकर हाथों से देखती रही। कहने लगी, "कितना जवान बेटा हो गया··· बेचारी गीता के नसीब में नहीं था बेटे को देखना! निगोड़ी ने दिल छोड़ दिया, नहीं तो उसकी उम्र की सैकड़ों विधवा होती हैं··· पर जून तो भोगती हैं, इस तरह मरने नहीं चल देतीं···"

अन्नपूर्णा को सुनाई नहीं देता, इसलिए निधि महाराज ने मुझसे कहा, "गीता की मां ने यहां सबको यही बताया था कि बच्चे का पिता नहीं रहा··· गीता विधवा है···"

जो भी बताया था, शायद वही मुनासिब था, पर मन में टीस उठी कि गीता जो तन से भी कुंआरी थी, मन से भी, उसने कैसे दिन देखे होंगे··· कितने भयानक, कि एक कुंआरी कन्या ने विधवा होकर भी देख लिया···

निधि महाराज कहने लगे, "यहां कुछ पण्डें होते हैं जो लोगों के वंश के नाम-पते लिखकर रखते हैं। कुछ दिन के लिए गीता के पिता भी आये थे। तब पण्डों ने उनके वंश में जब तुम्हारा नाम लिखा, तुम्हारे पिता का नाम भी लिखवाना पड़ा था। नाम सही लिखवाया था, पर यह बताकर कि वह ज़िन्दा नहीं है···"

सो कहीं—किसी जगह—मेरे ज़िन्दा पिता का मरा हुआ नाम दर्ज है···

अठारह

आश्रम में सिर्फ आज की रात रहना है, इसलिए एहसास हुआ कि रात बहुत छोटी है।

इस रात की तहों में पूरे एक बरस का इतिहास दबा हुआ है, जो मुझे इस कोठरी की दीवारों से सुनना है···

कोई छह महीनों का वह इतिहास, जब मैं मां के पेट में था, और उसने मन की बातें सिर्फ इन दिवारों के साथ की होंगी··· और अगला छह महीनों का वह इतिहास जब मैं इन दीवारों की ओट में दूध के लिए भी रोया हूंगा, और मां की छाती के लिए भी···

नींद नहीं आ रही थी। कोठरी की खिड़की में खड़े होकर, बाड़ी के पेड़-पत्तों की वह सुगन्ध लेता रहा, जो शायद जन्म से मेरी सांसों में बसी हुई है···

फिर पता नहीं, पहचान की ख़ुमारी आयी कि बाड़ी के कुछ फूल-पत्तों की,

लगा—अपना अकेला और उदास चेहरा मैंने मां की बांहों में रख दिया है··· गीता की बांहों में···

मां लफ़्ज़ जब गीता के साथ छू गया, मैं अपने ही बदन के कम्पन से सिहर उठा··· लगा, गीता मां बनने वाली थी, इस खिड़की में खड़ी रहने पर भी उसे किसी फूल-पत्ते की सुगन्ध नहीं छू पायी थी··· यह सारी महक, उसके पेट में से उठती मेरी गन्ध में भीग गयी थी···

मेरे बाल-नक्शों में से जब उसने एक भयानक मर्द के नक्श पहचाने होंगे, उसने सहमकर दीवार में मुंह छुपा लिया होगा···

मेरा हाथ दीवारों की ओर गया-पर दीवारों की भाषा सुनने के लिए कब किसी को कान नसीब हुए हैं···

दीवार की एक खूंटी से नानी-मां की अस्थियों वाली पोटली टंगी हुई थी। दीवार को टटोलता हुआ हाथ जब उस पोटली से छुआ, तो कितनी देर तक पोटली के गले से लगा रहा···

गीता जब दीवार की ओर मुंह कर लेती होगी, तब जरूर यह नानी मां मुझ बिलखते हुए को उठा लेती होती··· और उठाकर पता नहीं बाड़ी में ले जाती होगी या आश्रम के मन्दिर में···

इतिहास पता नहीं कितना-भर दीवार के भीतर होता है, और कितना दीवारों से बाहर···

यह आश्रय, यह अन्नपूर्णा, वह रक्खी मौसी, और ये निधि महाराज—इस इतिहास के भीतर भी हैं, बाहर भी···

अचानक एक ख़याल आया—मैं अपने इतिहास में इतना लिपट गया हूं कि जिसे भी सोच रहा हूं, अपने लिए अपने साथ जोड़कर, मैंने कभी उन्हें उनके लिए नहीं सोचा···

पैर कोठरी में से बरबस बाहर निकल आये। मालूम था—साथ की कोठरी

में निधि महाराज हैं, और यह भी जानता था कि वह कोठरी का दरवाजा भिड़ाकर नहीं सोते, इसलिए उनकी कोठरी में जाते हुए संकोच नहीं हुआ।

अंधेरे में पैरों की आवाज सुनी जा सकती थी, उन्होंने पहचानी भी, कहने लगे, "क्या बात है पंकज! नींद नहीं आ रही?"

मैं ख़ामोश उनकी चारपाई के पास पड़ी हुई चौकी पर बैठ गया।

वह लेटे हुए थे, उठकर बैठते हुए पूछने लगे, "जो भी सच है, उसे न जानना मुश्किल था कि जानना मुश्किल है?"

आज तक निधि महाराज के साथ मेरा जो भी रिश्ता था, सिर्फ एक विश्वास का रिश्ता था। वही मां का था, इसलिए मैंने वह विरासत में पाया था। इस घड़ी उससे बहुत बड़े स्नेह का एहसास हुआ, इसलिए संकोच नहीं हुआ, कहा, "आपने त्रिक-भवनों के जो अर्थ बताये हैं, अब मेरे लिए वही अर्थ हैं। इसलिए जो भी मुश्किल है, उसमें से मैं गुजर जाऊंगा। पर सोच रहा था कि मां को और गीता को, अगर आपको विश्वास न मिल पाता, यह आपका ईश्वर जैसा आश्रय, तो उनके लिए वह वक्त कितना भयानक हो सकता था··· मुझे भी··· आप जैसा आश्रय रक्खी मौसी ने भी दिया है, पर उसकी मोह-ममता को समझना मुश्किल नहीं···"

वह हंस दिये, "क्या मोह-ममता सिर्फ दुनिया वालों के हिस्से आयी है?"

कहा, "नहीं! दुनिया वालों के हिस्से आ जाती, तो कुछ भी मुश्किल नहीं होता। यह सिर्फ उसके हिस्से आती है, जिसका रिश्ता तन का होता है। या किसी रक्खी मौसी के हिस्से आ जाती है, जिसे इस रिश्ते की पहचान होती है···"

वह फिर हंस दिये, "क्या रिश्ता सिर्फ तन का होता है, मन का नहीं हो सकता?"

मैंने तर्क का सहारा लिया, "हो सकता है। पर जो संन्यासी है जिसने आज तक न किसी तन के रिश्ते को कबूल किया है, न मन के रिश्ते को, उसे यह मोह-ममता किस तरह छू गया?"

निधि महाराज पल-भर चुप रहे, फिर कहने लगे, "जिसने इसका दर्द नहीं जाना, वह संन्यास किस चीज़ से लेगा? क्यों लेगा? दर्द से मुक्त होने का यत्न ही संन्यास होता है···"

पूछा, "पर आप परम्परागत संन्यासी हैं···"

वह बात को टोकते हुए कहने लगे, "परम्परागत पुजारी हूं—क्योंकि जन्म एक पुजारी के घर हुआ, पर संन्यासी परम्परा नहीं···"

अंधेरे में उनका चेहरा दिख नहीं रह था, पर लगा—जैसे देख रहा हूं।

वह कहने लगे, "संन्यास मन की अवस्था होती है··· विरासत में मिले हुए मन्दिर की पूजा नहीं···"

चौकी चारपाई से बहुत नीची थी, इसलिए मेरा सिर उनके घुटने से बहुत नज़दीक था। वही और नज़दीक हो गया तो उन्होंने एक हाथ मेरे सिर पर रखते हुए कहा, "पूजा-पाठ, साधना आदत बनी, मन की अवस्था नहीं। वह मन की अवस्था तब बनी, जब मैंने मन के दर्द को पहचाना।"

याद आया—प्राचीन काल में जो लोग विद्या देते थे, वह सिर्फ योग्य पात्र को देते थे। जीवन का रहस्य तो विद्या से भी गहरा होता है··· और एहसास हुआ कि कुछ भी पूछने और जानने से पहले इसके योग्य होना पड़ेगा। इसलिए निधि महाराज ने जो कहा, वह सुन लिया, पर यह पूछ पाना बहुत गलत लगा कि उन्होंने मन के दर्द को कब पहचाना था—किस तरह पहचाना था···

उस ख़ामोशी की अवस्था में महसूस हुआ कि मेरे सिर पर रखे हुए निधि महाराज के हाथ की उंगलियों में हल्का-सा कम्पन आया है।

और चुप में से उनकी सोयी-सोयी-सी आवाज़ जागी, "हम सब कभी-न-कभी ज़िन्दगी का ज़हर पीते हैं, पर इससे हम शिव जी नहीं बन सकते··· ज़हर-ज़हर का अन्तर होता है···"

उनके घुटने से लगा हुआ अपना सिर जब मैंने एक सवाल की तरह उठाया,

तो वह कहने लगे, "जिस समय मुझे जो ज़हर पीना चाहिए था, मैं वह पी नहीं सका। बहुत कमजोर था। इसलिए बाद में दर्द और पश्चात्ताप का बहुत ज़हर पिया, पर वह ज़हर मुझे शिव नहीं बना सकता था। उसी विरक्तता ने यह संन्यास दिया ··· बहुत छोटा था, इतना उम्र से नहीं, ज़ितना समझ से। पिता ने संस्कृत की पढ़ाई के लिए बनारस भेजा था। वहां ही वह पार्वती मिली, जिससे मिलकर मैं सचमुच शिव हो सकता था ··· उस वक्त मुझे अपनी परम्परा को तोड़ने का एक ज़हर पीना था, क्योंकि वह पार्वती बहुत नीची जात की थी, पर पी नहीं पाया ···"

मैंने निढाल अपना सिर उनके घुटने पर रख दिया।

उन्होंने उसी शान्त, पर सुलगती-सी आवाज़ में कहा, "वह पार्वती इस शिव को नाकारा समझकर किसी और में अपना शिव पा लेती, तो इस दर्द का ज़हर पीना ज्यादा मुश्किल नहीं था। पर जब सुना कि वह अपने ब्याह की रात घर से डोली में नहीं, अर्थी में निकली है, तो समझ लिया कि अब मैं कोई भी ज़हर पीकर शिव नहीं बन सकता ···"

बरबस मेरे होंठ उनके घुटने से छू गये। मुंह से निकला, "जो ज़हर और ज़हर के अन्तर को जानता है, वही तो शिव हो सकता है ···"

वह हंस-से दिये, "ज्ञान और कर्म में बहुत फर्क है पंकज! शिव जी का ज्ञान कर्मशील था, हम सबका कर्महीन है ···"

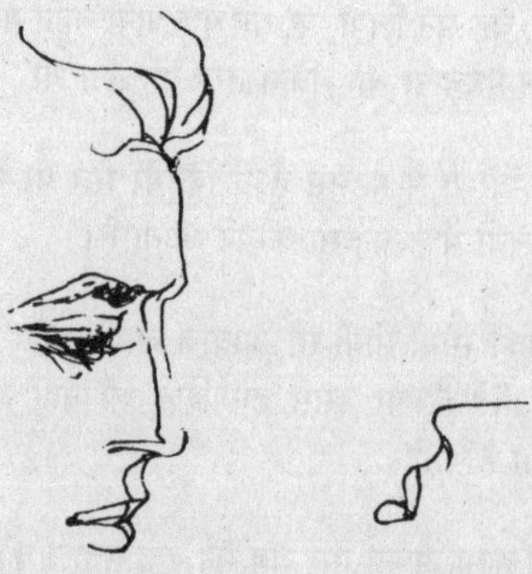

उन्नीस

सुबह-सुबह गंगा के किनारे जाकर मां की अस्थियों वाली पोटली को सामने रखकर निधि महाराज ने कुछ जाप किया। मुझे वह फूल चढ़ाने के लिए कहा जो सुबह मन्दिर की बाड़ी में से उनके कहने पर मैंने तोड़े थे। पर जब वह पोटली हाथों में लेकर मैं पानी में उतरा, पानी की ठण्डक से एक अजीब अनुभव भी सारे बदन में फैल गया—यह कि इस पानी में बह जाने का एहसास मेरा चिरकाल से पहचाना हुआ है···

मौत की हिचकियों जैसा···

जानता हूं कि मुझे पेट में लेकर गीता का वह आत्महत्या का यत्न, यदि मुझे किसी ने बताया न होता, तो यह एहसास मेरे चेतन मन में नहीं आ सकता था। और पता नहीं अवचेतन में से स्वाभाविक यह जाग सकता था कि नहीं। पर इस वक्त बदन को कुछ पानी के हवाले छोड़कर मैंने उसी तरह महसूस किया, जैसे दूसरी बार जान रहा हूं···

तब, जब बेसुध गीता को पानी में से निकाला होगा, पता नहीं—मैं उसके

बदन में लिपटा हुआ, सुध में था या बेसुध था। साथ ही, इस वक्त मौत की उन हिचकियों की भी कल्पना की, जो मां की सांसों के द्वारा मेरी सांसों में मिल गयी होंगी ···

यह भी लगा कि मैं अपनी नहीं, गीता की उन हिचकियों की कल्पना कर रहा हूं जब उसने आत्महत्या के दूसरे यत्न में, आखिरी सांस तक ली होंगी ···

हाथों में थामी हुई पोटली पानी के हवाले करते हुए, मन में से उठती लहर जैसा एक यह भी ख़याल आया कि दूसरी बार गीता को कोई नहीं बचा सका था, और न कोई लाश को ढूंढ सका था। क्या पता—वह पानी में बहती हुई किसी दूर स्थान पर पहुंच गयी हो, और वहां किसी ने उसे पानी में से निकालकर, फिर से जीवितों में कर दिया हो ··· और जिनके सामने उसका जीना मुश्किल था, वह उनके लिए, ज़िन्दा होकर भी, मर चुकी बनी रहना चाहती हो ···

पर यह परी-कथा जैसी बात मन में अधिक देर तक नहीं ठहरी, और मैं पानी जैसी दलीलों को छोड़कर इधर किनारे की ओर लौटकर, पानी से बाहर आ गया ···

बदन पोंछा, सूखे कपड़े पहने, और कन्धों पर गर्म चादर लपेट-कर लौटने के लिए तैयार हुआ, तो निधि महाराज ने उसी तरह गंगा की एक सीढ़ी पर बैठे हुए मुझे भी बैठने का इशारा किया।

कहने लगे, "ज़िन्दगी की धूप-छांव कौन गिन सकता है ··· कौन जान सकता है कि इनके कर्म से क्या कुछ हरिया जाता है, और क्या कुछ सूख जाता है ··· यदि आज चौबीस बरसों बाद तुम्हें पता लगता कि तुम्हारी मां ज़िन्दा है, तुम्हें देखना चाहती है, या तुम्हारा पिता तुमसे मिलने के लिए व्याकुल है—तुम्हें कैसा लगता?"

मौत की जो हिचकी मैं गंगा के पानी में खड़ा होकर महसूस कर रहा था, वह यहां, पानी से बाहर सचमुच सांसों में आ गयी ···

कुछ घुटती हुई सांसों के बाद कह सका, "जिसके बारे में जो जानता शायद उसी के अनुसार महसूस होता ··· "

वह कहने लगे, "गीता का दु:ख जानते सो उसी के अनुसार उसके लिए प्यार जागता··· और पिता का जुल्म जानते तो उसी के अनुसार उसके लिए नफरत जागती···"

यही सच है, और वह भी जानते हैं, इसलिए मुझे कुछ कहने की ज़रूरत नहीं थी। पर वह कहने लगे; "जिसे प्यार कर सकने की सम्भावना थी, वह ज़िन्दा नहीं हैं, पर जिसके लिए नफरत की सम्भावना है, वह ज़िन्दा हैं···"

अचानक रगों में कुछ खौल उठा। मुंह से निकला, "आपने शायद ग़ौर किया होगा कि कल आपने किसी पण्डे के काग़ज़ों में मेरे उस पिता का नाम लिखा होने की बात की थी, जो आपने बताया था कि ज़िन्दा है। पर मैंने आपसे वह नाम नहीं पूछा। सिर्फ इसलिए कि एक मरे हुए नाम को जानने का मन नहीं हुआ···"

निधि महाराज कहने लगे, "क्या पश्चात्ताप के साथ नफरत की जा सकेगी?"

मुंह से निकला, "बहुत ज़हर पी चुका हूं, इस फलसफे का ज़हर नहीं पी सकूंगा···"

निधि महाराज ने कुर्ते की जेब में से एक काग़ज़ निकाला और मेरे सामने रख दिया। कहने लगे, "किसी से कुछ भी मांग सकना बहुत मुश्किल होता है। माफी जैसी चीज़ मांगनी बहुत मुश्किल है। उस बदनसीब ने तुम्हें ख़त लिखने की कोशिश में पता नहीं कितने काग़ज़ फाड़े हैं, और कितने बरस···· उसके ये दो-एक हर्फ़ तुम्हें दिखाने थे, इसलिए यह काग़ज़ रख लिया···"

मैंने काग़ज़ की ओर से मुंह फेर लिया। कहा, "माफी देने का या न देने का हक मेरी मां को था, मुझे नहीं।"

इस वक्त मैं गीता को सहज मन और सहज सोच से मां कह सका।

निधि महाराज हंस-से दिये, कहने लगे, "जब उसके पास तन था, उसके पास मन नहीं था। अब मन है, पर तन न होने के बराबर। यही उसका दु:खान्त है पंकज।"

पूछा, "दूसरे का दुःखान्त न सोचने वाले को, क्या अपने दुःखान्त को सोचने का हक होता है?"

उन्होंने कहा, "नहीं।"

पूछा, "फिर?"

वह कहने लगे, "यही बात तुम्हें कह सकता हूं, बेटा। यदि दूसरे के दुःखान्त को आज नहीं सोचोगे, तो अपने दुःखान्त को सोचने का हक बचेगा?"

लगा—कई तर्क सिर्फ तर्क की ख़ातिर होते हैं, बात की ख़ातिर नहीं। इसलिए कहा, "पर मेरे या मां के दुःखान्त का कारण वह था। आज मां या मैं उसके दुःखान्त का कारण नहीं हैं। इसलिये यह कोई तर्क नहीं है।"

निधि महाराज फिर मुस्करा-से दिये, "यही दर्द और दर्द का फर्क है, पंकज! तुम्हारा दर्द शर्मिन्दा है, क्योंकि वह पश्चाताप-से भरा हुआ है ···"

कहा, "एक दिन आपने कहा था कि इस समाज में सच का वास्ता तर्क के साथ नहीं होता, मजबूरी के साथ होता है। आदमी सच़ बोलता है, सिर्फ तब, जब किसी भी ओट में उसे छुपा नहीं पाता। क्या उसी तरह इस शर्मिन्दगी का वास्ता भी किसी मजबूरी के साथ नहीं है? इस शर्मिन्दगी की जरूरत तब क्यों नहीं थी, जब गीता की जान ख़तरे में थी?"

निधि महाराज ने हामी में सिर हिलाया, कहा, "यह ठीक है। उसकी शर्मिन्दगी का वास्ता मजबूरी के साथ है। उसने विवाह किया था, पर कभी औलाद का मुंह नहीं देख सका। और अब एक हादसे से उसकी टांगें बेकार हो गयी हैं ···"

अब निधि महाराज को नहीं, मुझे हंसी-सी आ गयी, "सो यदि औलाद होती, तो मुझे याद करने की जरूरत नहीं थी ···"

"यह ठीक है पंकज!" निधि महाराज कहने लगे, "यही तो ज़हर और ज़हर का अन्तर है। जिस वक्त उसे गीता की हालत देखकर, घर की और समाज की

घृणा का ज़हर पीना चाहिए था, उसने नहीं पिया। अब पश्चाताप का कितनी भी जहर पी ले, कुछ नहीं हो सकता···"

मैं सीढ़ी से उठ-सा दिया। कहा, "आइए चलें। आज मैं वापस जाना चाहता हूं···"

"यह ख़त जमीन से उठाओगे नहीं?" उन्होंने पूछा।

मैंने काग़ज़ को उठाकर हाथ में मरोड़ा, फिर गंगा के पानी में फेंक दिया। कहा, "हम अस्थियां प्रवाहित करने आये थे, सो सब प्रवाहित कर दीं। आइए अब चलें!"

निधि महाराज उठ बैठे। आश्रम के आधे रास्ते तक मैं भी चुप था, वह भी। फिर उन्होंने धीरे से सिर्फ इतना कहा, "वह पिछले तीन बरसों से इसी हालत में हैं। शायद बहुत देर तक ज़िन्दा नहीं रहेगा। पर जब तक गीता की मां ज़िन्दा थी, वह कुछ कहने की हिम्मत नहीं कर सका। पता नहीं किस तरह उसने तुम्हारे होस्टल में से तुम्हारी तस्वीर मंगवायी थी, उसी को देखता रहता है। अब हमारे आने से एक दिन पहले, उसकी बहन आयी थी—वही गीता की सहेली, बहुत रोयी थी कि मैं एक बार उसके साथ चलकर, उसकी हालत देख आऊं···"

मैंने कहा, "सो आप उसके पास गये थे?···"

वह कहने लगे, "हां गया था। वही बहन उसका आसरा है। और घर में नौकरों के अलावा कोई नहीं। जिसके साथ उसने विवाह किया था, वह इस हालत में उसके पास नहीं रही। अब उसके कमरे में सिर्फ तुम्हारी तस्वीर है।"

और फिर निधि महाराज ने सिर्फ इतना जोड़ा, "वह ज़िन्दगी की आखिरी सांसें गिनता हुआ सिर्फ तुमसे अपने ख़त के जवाब का इन्तज़ार कर रहा हैं···"

जवाब में सिर्फ एक ख़याल आया कि इन्तज़ार का यह इतिहास कोई नहीं जानता, सिर्फ गीता जानती थी—जब कोई ज़िन्दगी का इन्तज़ार करता-करता अचानक मौत का इन्तज़ार करने लगता है···"

आश्रम पहुंचकर सीधा स्टेशन पर जाना था, अपने होस्टल जाने के लिए पर जब आश्रम के मुखिया श्रीनाथ जी को प्रणाम करने के लिए गया, देखा—कुछ युवा साधु कन्धे से और कमर से कुछ साज़ बांधकर बड़ी खुमारी में नाच-गा रहे थे···

निधि महाराज ने बताया—बंगाल के संन्यासी हैं ये—जिनकी परम्परा, जड़ हो चुके धर्म-कर्म के विद्रोह में पैदा हुई थी, और जिनका धर्म सहजिया होता हैं···

नाच की खुमारी रगों में उतर सकती थी, पर उनकी बंगला जबान का कोई हर्फ़ समझ में नहीं उतरा, तो उनके एक गीत का अर्थ श्रीनाथ जी ने मुझे बताया कि कलियुग में जिस स्त्री का पति संन्यासी होकर जा रहा है, यह उस स्त्री के बोल हैं—'हे मां! मैं चार युगों से यह शाप भोग रही हूं। जब सतयुग था, मैं सत्यनारायणी थी और तब मेरा नारायण मुझे अकेली छोड़कर चला गया था। फिर त्रेता आया तो मैं सीता थी, जिसे राम ने बनवास दे दिया। फिर द्वापर युग आया तो मैं गोपी थी, जिससे कृष्ण दूर चला गया। और अब कलयुग में मैं साधारण स्त्री हूं, और देखो मेरा पति संन्यास ले रहा है···'

बाउल संन्यासियों के इकतारे में से और आनन्द-लहरी की आवाज़ में से एक नया सुर उठा, जो सिर्फ मेरे मस्तिष्क को सुनायी दिया—कि चार युगों का शाप भोगने वाली स्त्री, उस शाप को अभी भी नहीं जानती, जो शाप गीता ने भोगा है···

क्या इस तरह का भयानक शाप किसी पांचवें युग की स्त्री को भी भोगना पड़ सकता है?

नहीं जानता कि चार युगों की कथा में कभी इस पांचवें युग की व्यथा भी शामिल होगी कि नहीं···

बीस

गीता ने जो चीख़ अपने तन-मन के खंडहरों में दबा दी थी, वही चीख़ खंडहरों में से निकलकर आज चौबीस बरस की हो गयी है···

और चाहता हूं कि किसी के कानों में मैं उस चौबीस बरस लम्बी चीख़ की तरह सुनायी दूं···

इसलिए ख़याल आया कि उसके नाम एक ख़त लिखूं, जिसका नाम मैं अभी तक नहीं जानता···

जानता हूं कि नाम-पता, जब भी चाहूं निधि महाराज से मिल सकता है···

निधि महाराज के पांव छूकर, जब होस्टल में लौटने के लिए, इस गाड़ी में बैठा था, उन्होंने कहा था, "वह आदमी सचमुच बदनसीब होता है, जिसे एक दिन अपने ख़ून से माफी मांगनी पड़ती है···"

लगा था कि गाड़ी के चलने से, निधि महाराज के ये लफ़्ज़ वहीं, उनके पास,

प्लेटफार्म पर रह गये थे। पर यह अभी भी कहीं से सुनायी दे रहे हैं। शायद चलती गाड़ी में पैर रखकर ये मेरे डिब्बे में आ गये हैं···

पर सोचता हूं—आज उसकी बदनसीबी के साथ नापकर, क्या मेरी और मां की बदनसीबी कम हो जायेगी!

आज मां की हड्डियों को गंगा में से कौन लौटा सकता है!

सूटकेस को खालकर काग़ज़ भी निकाला है, कलम भी। उसे लिखना चाहता हूं कि उसकी अपाहिज हालत आज की नहीं, तब की है, जब गंगा में डूबती हुई गीता को बचाने के लिए उसकी बांहें आगे नहीं बढ़ी थीं। बांहें तब भी अपाहिज थीं···

गाड़ी मेरे ख़यालों की तरह हिचकोले खा रही है···

मुझे अपना वह सपना याद आ रहा है—जब अपने जन्म के रहस्य को मैंने एक अंधेरे बन्द कमरे की सूरत में देखा था··· और वीराने में बसे हुए उस बन्द कमरे का दरवाजा टटोलते हुए मेरे हाथ कांप गये थे कि इस बन्द दरवाजे ने अगर मुझे कहीं से रास्ता दे दिया, तो भीतर के अंधेरे में जरूर पच्चीस बरस पुरानी दो लाशें होंगी···

मौत और अंधेरा एक जैसे होते हैं—ठण्डे और अजनबी। पर जब यथार्थ की कोई रोशनी उनमें मिल जाती है, तब उनके कांटे और उनके डंक दिखायी देने लगते हैं···

आज उस बन्द कमरे में—मैंने मौत का अंधेरा भी देखा है, ज़िन्दगी का अंधेरा भी···

और उन अंधेरों के डंक भी···

और देख रहा हूं कि एक अंधेरे के डंक ने मन को पीला जर्द कर दिया है, और दूसरे अंधेरे का डंक मेरे मन को नीला-काला करने लगा है···

इन अंधेरों के डंक जब नहीं खाये थे, मैंने सोचा था कि अगर कहीं वह

ज़िन्दा मिल गये, यह चौबीस बरसों का जवान 'आज' मैं उनके 'कल' की सूनी बांहों में दूंगा···

पर···

गाड़ी सचमुच मेरे ख़यालों की तरह हिचकोले खा रही है··· पर यह कैसे नसीब हैं कि गाड़ी के हिचकोलों के सामने एक मंज़िल है, उसे पता है कि वह कहां से चली है, और कहां पहुंचना है। पर मेरे ख़यालों के हिचकोलों के सामने कोई मंज़िल नहीं, पता नहीं वे कहां से चले हैं, और उन्हें कहां पहुंचना है···

नहीं—मेरे ख़यालों को कहीं नहीं पहुंचना। और न मेरे पैर जाकर उस अपाहिज के पैरों को बल देना चाहते हैं···

गाड़ी के झटके की तरह मेरे ख़यालों को भी जोर से एक झटका लगा—

—जब गंगा में डूब रही गीता को बचाने के लिए उस आदमी की बांहें नहीं बढ़ी थीं, उसकी बांहें तब भी अपाहिज थीं··· यही तो ख़त लिखना था··· पर अब जब वह मौत के किनारे पर है, मुझे आवाज़ें दे रहा है, एक नज़र देखना चाहता है, और मैं नहीं जा रहा, तो क्या मेरे पैर भी अपाहिज नहीं हैं?

मैंने उसका ख़त फाड़कर—गंगा के पानी में अस्थियों की तरह प्रवाहित कर दिया था··· पढ़ सकता था, पढ़ा नहीं। अपनी आंखें, जो उसके अक्षरों से फेर ली थीं, इन्हें भी तो अपाहिज कहा जा सकता है···

और लगा—मुझे उसे ख़त लिखना है··· नहीं लिखूंगा तो यह मेरे हाथ भी अपाहिज हो जायेंगे···

काग़ज़-कलम हाथ में लेने के लिए, सूटकेस से निकाले हुए काग़ज़ों पर नजर डाली, तो देखा—काग़ज़ों में रिक्ता का ख़त भी हैं···

रिक्ता का ख़त मेरी स्मृती में नहीं था, सिर्फ सूटकेस में था···

रिक्ता मोहब्बत करती है, और यह मेरा बाप मेरे जन्म से नफ़रत करता था···

सो—दो ख़त लिखना है, एक मोहब्बत के जवाब में···

गीता की सूरत की तरह, मैंने अपनी कल्पना में मोहब्बत की सूरत भी देखनी चाही, नफ़रत की सूरत भी···

—पर मन में विरक्ति दिखती है, सिर्फ विरक्ति···

जानता हूं—मैं गीता की सूरत कभी नहीं देख पाऊंगा, और लग रहा है—मैं मोहब्बत की सूरत भी कभी नहीं देख सकूंगा, नफ़रत की सूरत भी कभी नहीं···

शायद इस मोहब्बत और नफ़रत ने भी गीता की तरह गंगा में डूबकर आत्महत्या कर ली थी···

लग रहा है—ये दोनों ख़त शायद मैं ज़िन्दगी में कभी नहीं लिख सकूंगा···

और इन दोनों ख़तों के काग़ज़ हमेशा के लिए कोरे रह जायेंगे···

निधि महाराज बहुत दूर रह गये हैं, पर उनकी आवाज़ जो चलती गाड़ी में पैर रखकर मेरे डिब्बे में आ गयी थी, हंस रही है—कह रही है: 'शायद' लफ्ज़ का पार किसने पाया है पंकज! सूरज इसी के आसमान पर अस्त होता है, और इसी के आसमान से उदय होता है···

आवाज़ से घबराकर, मैं सामने पड़े हुए कोरे काग़ज़ों की ओर देखता हूं···

काग़ज़ हंस देते हैं···

आवाज़ भी हंस रही है···

न जाने वह आवाज़ कोरे काग़ज़ों पर हंस रही है, कि कोरे काग़ज़ उस आवाज़ पर हंस रहे हैं···

• • •